KB114679

재벌닷컴
chaebol.com

재벌 닷컴 3

매검향 장편소설

초판 1쇄 찍은 날 § 2017년 11월 22일
초판 1쇄 펴낸 날 § 2017년 11월 29일

지은이 § 매검향
펴낸이 § 서경석

총괄팀장 § 최하나
편집책임 § 이선근
편집 § 김슬기

펴낸곳 § 도서출판 청어람
등록번호 § 제387-1999-000006호
등록일자 § 1999. 5. 31
어람번호 § 제1-2803호

주소 § 경기도 부천시 부일로 483번길 40 서경B/D 3F (우) 14640
전화 § 032-656-4452 팩스 § 032-656-4453
http://www.chungeoram.com
E-mail § chungeorambook@daum.net

ISBN 979-11-04-91550-5 04810
ISBN 979-11-04-91501-7 (세트)

3

매검향 장편소설

FUSION FANTASTIC STORY

재벌닷컴

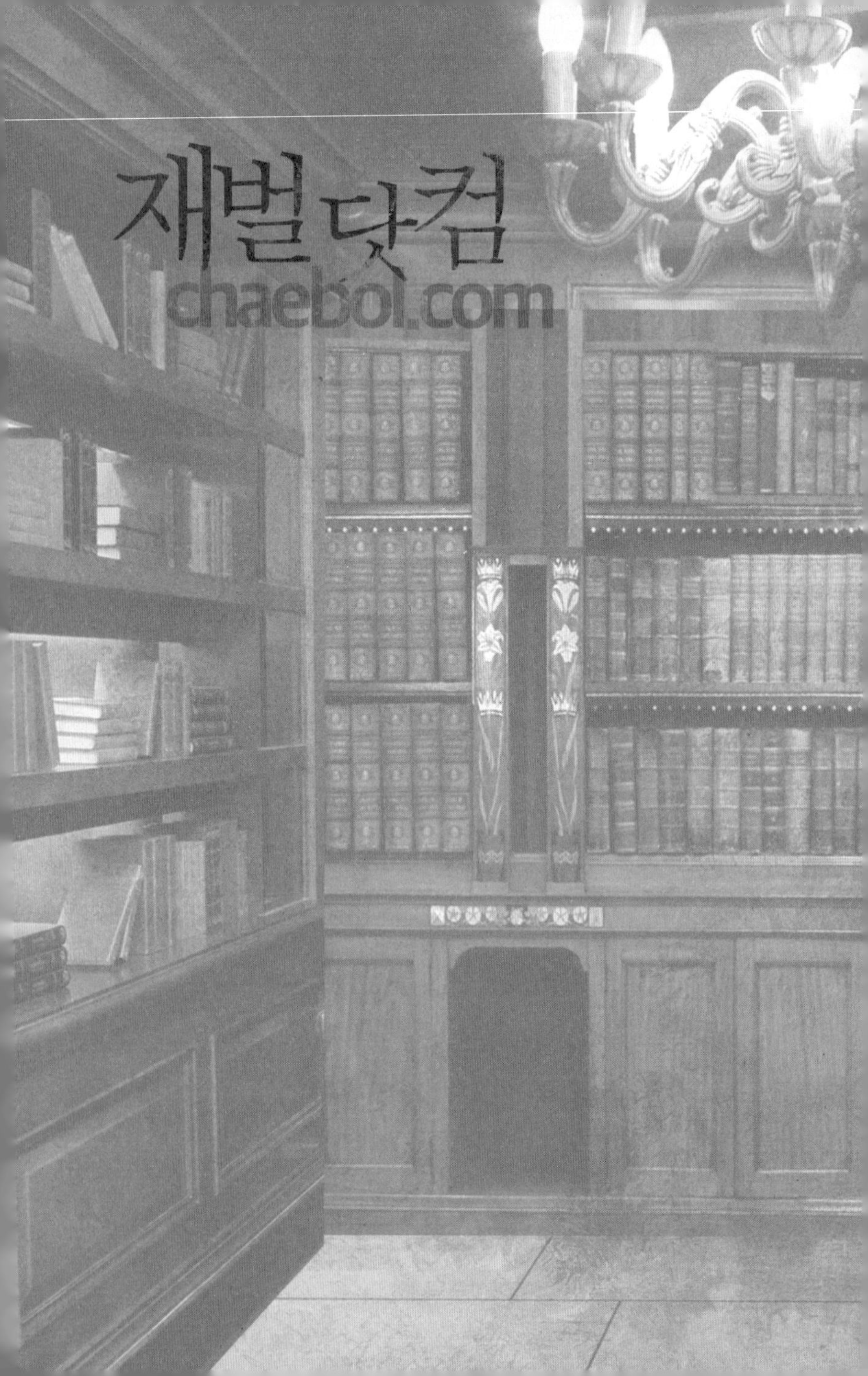

목차

CONTENTS

제1장
결혼 Ⅰ

그녀의 등장에 잘못한 것도 없는데 태호는 괜히 움찔했다. 그런데 효주 또한 멈칫하더니 말했다.

　"아, 사람이 있는 줄은 몰랐네요. 잠시 나갔다 다시 들어올 게요."

　"그럴 필요 없습니다, 효주 씨! 바로 끝납니다."

　"알겠어요. 잠시 기다리죠."

　대답과 동시에 효주가 조윤아가 있는 곳으로 걸어가자 태호는 윤정민을 보고 말했다.

　"합격입니다. 수행비서 겸 경호원으로서 제 곁에 있어주세요."

"영광입니다, 사장님!"

90도로 고개 숙여 인사하는 그녀를 보고 빙그레 웃으며 태호가 말했다.

"무슨 영광씩이나. 아무튼 잘해봅시다."

"네, 사장님! 당장 짐 꾸려 이곳으로 옮기겠습니다."

"아니요. 책상도 들여야 하고 그러니, 내일부터 이 방으로 출근하는 것으로 하세요."

"알겠습니다, 사장님!"

곧 두 사람이 인사를 하고 물러가자 지금껏 이 상황을 지켜보고 있던 효주가 가까이 오며 물었다.

"비서로 들이는 건가요?"

"아, 아니. 경호원입니다."

"그렇다면 제 경호원이 더 어울리지 않겠어요? 여성인데."

"정 그렇다면 효주 씨의 경호원으로 기용토록 하겠습니다."

"호호호! 농담이에요. 제게 뭔 경호원이 필요하겠어요."

"말을 듣고 보니 효주 씨의 경호원으로 삼는 게 좋겠습니다."

"아니라니까요. 그보다 준비할 게 있지 않을까요? 양복도 새로 맞추고, 집도 보러 다니고."

"양복이야, 지난번 약혼식 때……."

"너무 촌사람같이 굴지 말라고요. 태호 씨는 이제 엄연히 재벌가의 사위라고요. 그러니 좀 더 당당하고 돈도 필요한 데는 팍팍 쓰도록 하세요."

"그야 그렇다 쳐도, 집은 회장님이 결혼해도 함께 살기를 원하시는 것 아닙니까?"

"나는 못 해요. 지금까지 엄한 아버지 밑에서 눈치 보고 살았는데 결혼 후에도 그 짓을 하라니 숨 막혀 죽을 것 같아요."

"거참……!"

태호가 난처한 표정으로 입맛을 다시는데 효주가 말했다.

"그 문제는 제가 해결할 수 있어요. 내 당장 아빠 허락 맡고 올 테니 기다리세요."

"알겠습니다."

그로부터 15분 후.

효주가 다시 태호의 방으로 돌아왔다.

"아빠에게 모처럼 아양 좀 떨었더니 승낙하셨어요. 엄마만 좋다면 아빠는 얼마든지 오케이래요."

"하하하!"

"왜 웃어요?"

"회장님도 연세가 드시니 이제 변하는 것 같아서요. 효주 씨가 없는 애교로 아양을 떨어봤자 얼마나 떨었겠어요. 그래도 조건부이긴 하지만 허락하신 것을 보면."

"흥! 왜 이래요? 저도 한 애교한다고요."

"제 앞에서 애교 떠는 것을 못 봤는데 무슨 애교?"

"지금까지는 요조숙녀로 보이고 싶어서 내숭 떤 거라고요. 결혼하면 확실히 다른 제 모습을 보게 될 거예요."

"제발 그랬으면 좋겠습니다."

"믿어도 좋아요."

말을 하며 태호 곁까지 걸어온 그녀가 갑자기 태호의 목에 팔을 두르고 그의 무릎에 앉으며 말했다.

"자기야, 그렇지?"

"아, 이거 왜 이래요?"

놀란 태호가 뿌리치려 하자 효주가 새침한 목소리로 말했다.

"이래서 애교도 상대 나름이란 말이에요. 상대가 잘 받아줘야……."

"알았으니 일단 이 목부터 풀고……."

"못 해요. 한 가지 약속해 줄 때까지는."

"뭔 약속?"

"퇴근하자마자 집 구하러 가기."

"그건 안 됩니다."

"왜요?"

"우선 오늘은 장모님 허락받는 것으로 하고 내일부터……."

"약속했어요?"

"물론입니다."

"자기야!"

이때 효주가 갑자기 또 코맹맹이 소리를 하며 태호를 부르자 지금까지 이를 지켜보던 조 양이 못 견디겠는지 방문을 열고 나갔다. 이를 보고 효주가 말했다.

"쟤는 왜 저래?"

"너무 부러우니 견디기 어려웠나 봅니다."

"그렇겠죠? 우리 우선 양복부터 맞추러 가자. 응?"

"지금 말입니까?"

"응."

정말 애교를 피우기로 작정을 했는지 '네'가 아닌 '응'이 대답이었다.

"안 됩니다. 지금은 업무 시간 아닙니까?"

"쫀쫀하기는. 그럴 때는 아빠보다 더하네."

"그 말투는 또 뭡니까?"

"됐어요."

발딱 일어나는 효주를 태호는 순간적으로 낚아챘다. 그리고 갑자기 그녀의 입술을 눌러가기 시작했다. 깜짝 놀란 그녀의 눈이 커지는가 싶더니 스르르 감겼다.

"음, 음……!"

태호의 좀 더 진한 공세에 효주가 비음을 흘리기 시작하는 데 노크 소리도 없이 방문이 활짝 열렸다.

"어머나!"

조 양이었다. 이에 태호가 입술을 떼며 말했다.

"이 짓도 아무데서나 함부로 하면 안 되겠군."

"그래서 내가 따로 집 얻어 살자는 것 아니에요?"

"잘했어요!"

태호의 엄지 척에 효주가 갑자기 태호의 입술을 훔치더니, 순간적으로 얼굴을 붉히며 그대로 일어나 달아났다.

＊　　　　＊　　　　＊

다음 날 아침.

윤정민은 어제 태호의 지시대로 그의 방으로 출근을 했다. 물론 그녀의 책상도 어제 조 양 옆에 들여놓은 상태였다. 아무튼 그녀가 싸 가지고 온 자신의 짐을 정리하자, 태호는 그녀를 소파로 불러 앉혀놓고 물었다.

"지금 직위가 뭐죠?"

"청와대 경력을 인정받아 과장입니다."

"그렇다면 밑에 부하들도 있었다는 얘기네요."

"네."

"그중에서 경호 경력이 있는 사람이 있습니까?"

"없습니다. 모두 안전기획부 출신입니다. 옛 중앙정보부죠."

태호가 고개를 끄덕이는데 그녀가 다시 말했다.

"그렇지만 제 동료 중 얼마 전 잘린 애가 있는데 괜찮으시다면……?"

"어쩌다 잘렸는데요?"

"영부인을 경호하다 작은 실수를 한 모양입니다. 그런데 그런 작은 실수도 용납 못 하고… 우리 삶이 어쩌면 하루살이와 다름없는지도 모르겠습니다."

"여성이겠죠?"

"네."

"남자 직원은 없습니까?"

"물론 있습니다. 퇴사하고 지금은 사설 경호원으로 근무하고 있는 사람도 있고, 아예 다른 길을 걷는 사람도 있습니다."

"그 사람들 중 두 사람만 더 추가로 섭외할 수는 없습니까?"

"있습니다. 내일이라도 당장 오라면 아마 올 것입니다."

"그렇다면 동료였다는 여성분을 포함하여 남자 두 명을 더해서, 세 명을 동시에 면접 볼 수 있게 해주세요."

"알겠습니다. 오늘은 외부 일정이 없습니까?"

"네, 없습니다. 그러니까 오늘은 내부 근무하는 것으로."

"알겠습니다, 사장님!"

*　　　　*　　　　*

이날 퇴근 시간이 되자 효주가 태호의 방을 찾아들었다. 그리고 대뜸 말했다.

"가요. 우리."

"책상 정리부터 하고요."

"네. 기다릴게요."

두 사람은 사전 약속이 되어 있었다. 어제 박 여사로부터 승낙을 받았기 때문에 집을 구하러 다니기로 한 것이다. 어제 박 여사 왈.

"젊어서는 서로 떨어져 사는 것도 좋겠지. 그러나 우리가 늙어서는 꼭 집으로 들어와 모셔야 해."

이에 두 사람이 승낙한 관계로 오늘 집을 구하러 다니기로 한 것이다. 아무튼 곧 책상을 정리한 태호가 말했다.

"갑시다."

"네."

곧 두 사람은 엘리베이터를 타고 지하 주차장으로 내려갔다. 그리고 효주를 차에 태운 태호가 효주에게 물었다.

"어디로 갈까요?"

"일단 집으로 가요."

태호가 '왜?'라는 의문의 표정으로 바라보자 그녀가 답했다.

"엄마도 함께 다니기로 하셨고, 집 근처에 얻어야 한다는 조항을 다셨어요. 만약을 위해 5분 내에 달려올 수 있는 거리 안에서 집을 구하라는 거예요."

솔직히 태호는 두 동생이 살고 있는 논현동 근처에 집을 얻고 싶었다. 그래서 말했다.

"내 생각으로는 논현동쯤이 좋겠는데, 그런 말씀을 하셨다면 곤란하겠는걸?"

그의 마음을 미루어 짐작한 효주가 말했다.

"저도 그 생각을 했는데, 엄마가 뒤늦게 불러 그런 말씀을 하시니 곤란할 것 같아요."

"우선은 우리 둘만 알콩달콩 살 수 있는 것만으로도 감사하게 생각합시다."

"알겠어요."

머지않아 두 사람은 집에 도착했고 인터폰을 누르자 준비하고 있었던 듯 바로 박 여사가 대문 밖으로 나왔다. 태호는 곧 박 여사를 태우고 평소 보아두었던 인근의 복덕방으로 갔다.

곧 복덕방 중개인과 인사를 나누고 매물을 보여달라니 매물이 엄청나게 많았다. 그러니까 요즈음은 물가고 부동산이고 모든 것이 안정되다 보니, 부동산 침체기라 불러도 과언이 아닐 정도로 거래가 한산했다.

따라서 팔려는 사람은 많은데 대부분이 관망세로 돌아서서 매물만 무척 많은 상태였다. 이에 부동산 중개인까지 네 사람은 두 시간 동안 이 집, 저 집을 구경하다 가장 마음에 드는 집을 정했다.

대지 100평에 건평 80평의 2층 양옥집으로 2억 6천만 원에 매물로 나온 것을, 주인에게 즉시 연락하여 최종 2억 5천만 원에 사기로 하고, 박 여사가 계약서에 최종적으로 도장을 찍으며 말했다.

"효주 지참금일세. 잘 보아달라는 어미의 부탁이라 생각하고, 부디 싸우지 말고 잘 사시게."

"감사합니다, 장모님!"

태호가 의외로 담담하게 답하니 서운한지 박 여사가 그에게 물었다.

"너무 적은 평수라 실망했는가?"

"절대, 절대 그건 아니고요. 장모님! 사람이 너무 감격하다 보면 의외로 담담해지는 모양입니다."

"그렇다면 다행이고."

사실 태호로서는 처가에서 이런 집을 사주는 것은 고맙지만, 자신의 능력으로 살 수 없는 것에 대한 비애도 있었다. 그런 마음이 순간적으로 표출된 것을 박 여사가 용케 알고 말하니, 과장되게 부인할 수밖에 없었다.

다음 날도 두 사람은 퇴근 후 예식 때 입을 양복과 양장 및 한복 등을 맞추는 등 바쁘게 보냈다. 그리고 이후 효주는 새로 산 집에 대한 대대적인 수리 및 살림을 들여놓는다고 퇴근 후에는 매일 그 집에서 살았다.

아무튼 집을 산 다음 날이었다.

태호가 오전 7시에 출근하여 간부 회의를 주재하고 자신의 방에 들어서니, 그를 기다리고 있는 네 사람이 있었다. 조 양은 아직 출근 전이었다. 시계를 흘깃 보니 7시 40분이었다.

어찌 되었든 윤정민 경호관을 포함하여 네 사람을 보는 순간 태호는 직감적으로 이 사람들이 전직 경호원이라는 것을 알았다. 태호가 들어서는 순간 그들 모두는 자리에서 발딱 일어섰다. 그리고 윤정민이 말했다.

"일전에 제가 말한 전직 경호원 출신들입니다."

고개를 끄덕인 태호가 그들의 맞은편 자리에 가 앉으며 물었다.

"이력서들은 다들 지참하셨죠?"

"네!"

윤정민이 말한 자신의 동료였다는 여성을 포함하여 남자

두 명이 일제히 씩씩하게 대답하자 입가에 미소를 띤 태호가 말했다.

"줘보세요."

"네."

태호의 말에 세 사람이 동시에 품에서 이력서를 꺼내 태호에게 내밀었다. 이를 받아든 태호가 하나하나 읽어보기 시작했다. 우선 여성의 이력서부터 읽어보았다.

성명: 장인애.

만 33세. 미혼, 전문대학 졸업. 태권도, 합기도, 검도 포함하여 종합 12단. 청와대 경호 근무 경력 8년.

성명: 최정태.

만 32세, 기혼, 고졸. 특전사 출신. 종합 무술 15단. 청와대 경력 및 사설 경력 포함하여 경호 경력 7년.

성명: 김진호.

만 32세. 미혼, 고졸, 특전사 출신. 종합 무술 14단. 청와대 경력 및 사설 경력 포함하여 경호 경력 7년.

셋의 이력서를 모두 읽어본 태호가 하나하나 시선을 주며 자세히 뜯어보기 시작했다. 장인애도 그렇고 두 명의 남성 또한 인물이 준수했다. 청와대에서 경호원을 뽑을 때 인물도 보는지 모두 인물이 뛰어났던 것이다.

이후 태호는 이런저런 질문을 거쳐 세 사람을 모두 합격시키고, 이날부터 바로 근무토록 했다.

그리고 태호가 막 자리에서 일어서는데 노크와 함께 들어서는 사람이 있었다. 전혀 뜻밖의 인물이라 태호는 바로 그에게 반색하며 달려갔다.

"장군님!"

"하하하! 아직도 장군인가?"

계영철 장군은 호탕하게 웃으며 품에 안기는 태호를 가볍게 끌어안고 등을 토닥였다. 그런 그에게 태호가 겸연쩍은 표정으로 말했다.

"그동안 바쁘다는 핑계로 너무 소원했습니다."

"다 이해하네. 나 역시 마찬가지 아니었나?"

품을 빠져나오며 태호가 말했다.

"일단 자리에 앉으시죠."

"그럴까?"

계 장군이 소파에 앉는 것을 보며 태호가 물었다.

"무슨 차로 하시겠습니까?"

"커피로 한잔 주시게. 프림과 설탕 잔뜩 넣어서."

"네."

태호가 손수 커피를 타러 가는데 윤정민 경호관이 탕비실

쪽으로 향하며 말했다.

"제가 타오겠습니다."

"고맙습니다."

그때 마침 조 양이 문을 열고 들어왔다.

"안녕하세요?"

"좋은 아침!"

인사를 나눈 태호가 계 장군을 보고 물었다.

"요즈음은 어떻게 지내십니까?"

"그동안 두 군데 방산 업체의 고문직을 맡아 꽤 쏠쏠한 보수를 받았으나, 이제 3년이 지나니까 별 효용 가치가 없다고 판단했는지 대우가 이전만 못하네."

"단물만 쏙 빼먹고 버리겠다는 심산 아닙니까?"

"요즘 와서는 나도 자주 그런 생각이 든다네."

"하시면 우리 그룹의 고문직을 맡아주시는 것은 어떻습니까?"

"그룹에 소용이 있어야지. 월급만 축낸다면 도리가 아니지."

"물론 그렇습니다만, 그룹의 장기 비전으로 우리도 방산업에 진출할 예정이니, 미리 터를 닦는다는 심정으로 자문에 응해주시죠?"

"그런 계획이 있다면 나도 부담이 덜 되겠지."

"승낙하신 것으로 알겠습니다?"

"회장님의 승낙을 받아야 하지 않겠는가?"

"물론 그렇습니다만, 제가 이 그룹에 들어와 벌어준 돈만 해도 천억 원 이상일 것입니다. 그런데 겨우 사람 하나 더 채용하는 것을 가지고 왈가왈부하지는 않을 겁니다."

"공치사 그만하고 회장님의 승낙이나 득해주시게."

"알겠습니다, 장군님!"

이때 커피가 나왔으므로 두 사람은 커피를 마시는 것을 마지막으로 이날은 작별을 했다.

그리고 태호는 바로 이 회장 방으로 들어가 계장군의 고문 취임을 허락받고 계 장군에게도 통보하여 다음 날부터 바로 출근하도록 했다.

그로부터 일주일이 지난 아침이었다.

업무가 시작되자마자 정보부장 정태화가 싱글벙글하며 태호의 집무실로 들어왔다.

"무슨 좋은 일이라도 있습니까?"

"성공했습니다, 사장님!"

"두 사람의 포섭 건 말이오?"

"네."

답한 정태화가 자세한 사항을 고하기 시작했다.

"진대제 씨는 미국 휴렛팩커드 IC LAB 연구원을 거쳐 현재

IBM Watson연구소 연구원으로 근무하고 있었습니다. 그런데 우리의 제의에 많이 망설이더군요. 그런 걸 애국심에 호소하며 매일같이 찾아간 결과 미국 현지에 있는 우리 법인의 수석연구원 직책을 준다는 조건으로 승낙했습니다. 돈에 대해서는 연연하지 않는다더니 정말 크게 신경 쓰는 눈치는 아니었습니다."

"좋습니다. 황창규 씨는요?"

"그 사람은 매사추세츠 대학교 애머스트 전자공학 박사를 막 취득한 상태로, 스탠퍼드대 전기공학과 책임연구원으로 교섭이 진행 중에 있다며, 배움이 아직은 부족하다고 극구 사양하더군요. 그래서 그 직에 근무해도 좋으니, 우리 그룹에 들어온다는 약속은 하는 게 어떻겠냐고 물으니 망설임 끝에 그렇게 하기로 했습니다."

"정말 수고 많으셨습니다. 그동안 이 일, 저 일 음지에서 고생이 많았으니 회장님께 건의하여 이사로 승진시키도록 하겠습니다. 그리고 바로 밑 사람들의 직급도 한 직급씩 올려주고, 그 외의 사람들은 호봉을 1호봉씩 올려 드리도록 하겠습니다. 이는 그간의 공도 있지만 그만큼 우리 그룹에 들어와 봉사한 것을 감안한 조치이니 사양하지 마시기 바랍니다."

"저 혼자의 승진이라면 사양하겠으나, 부하들의 대우도 달린 문제니 차마 사양을 못 하겠습니다, 사장님!"

"잘 생각하셨습니다."

그의 겸연쩍음을 덜어준 태호는 금번에 그룹에 몸담고, 담을 예정인 두 사람에 대해 새삼 생각하게 되었다. 진대제, 황창규 두 사람은 원래 삼성맨이 될 사람으로 아직은 그곳에 몸담지 않은 상태였다.

그런 둘은 이상하리만치 같은 길을 걸어가고 있었다. 진대제는 서울대학교 전자공학과를 졸업하고, 미국 매사추세츠 대학교 애머스트 대학원 전자공학 석사를 받았으며, 미국 스탠퍼드 대학교 대학원에서 전자공학 박사를 취득한 후, 정태화가 말한 길을 걷고 있었다. 참고로 이 사람이 세계 최초 16메가 D램을 개발한 사람이기도 했다.

또 황창규는 서울대학교 전기공학과 졸업, 서울대학교 대학원 전기공학과 석사, 매사추세츠 대학교 애머스트 전자공학 박사를 거쳐, 스탠퍼드대 전기공학과 책임연구원으로 근무하게 되었으니, 굉장히 닮은 꼴의 인생 여정이라 할 것이다.

아무튼 이 두 사람을 태호 독단으로 포섭한 것은 아니었다. 이 회장과 상의했음은 물론 정보통신 사장인 김재익과도 연락해 포섭에 나선 것이다.

그의 입장에서도 유능한 인재를 구해주겠다는데 전혀 마다할 일이 아니었고, 아니, 쌍수를 들어 환영할 일이었으므로 그의 적극 지지 속에 진행된 사안이었다.

3일 후.

태호가 기획실에 지시한 반도체 진출 건에 대한 타당성 보고서가 올라왔다. 이를 읽어보는 태호의 얼굴 표정이 일그러질 대로 일그러지고 있었다.

보고서 내용이 마치 삼성이 반도체에 진출한다고 할 때 일본 미쓰비씨 연구소의 분석을 베낀 듯 일치했기 때문이었다. 그 부정적인 내용을 보고서는 크게 다섯 가지로 나누었는데 그 내용을 옮기면 대충 이러한 내용이었다.

(삼원이 반도체에 진출해서는 안 되는 이유)

1. 작은 내수시장: 수출의 부족분을 메우기 위해서는 기본적인 국내 인구와 수요가 지원이 되어야 하는데 83년 기준 남한 인구가 채 4천만도 안 되는 작은 시장이므로 기본적인 수요가 없다.

2. 빈약한 관련 산업: 83년 기준 1인당 GNP가 2천 달러도 안 되는 후진국인 데다, 관련 전자산업이 없는 상태에서 수출에 의존해야 하는데, 후발 업체인 삼원의 반도체를 구매할 나라가 없다.

3. 빈약한 기술: 첨단 반도체는 최선진국(미국, 일본, 독일, 영국)이 아니면 보유하고 있지 않은데 기술 수준이 빈약한 한국에서 기술을 개발할 수 없고 그럴 능력이 없다. 만약 인텔의 기술을 공여받으면 영원히 인텔의 하청 업체를 벗어나지 못할 것이다.

4. 열악한 삼원의 규모: 반도체 공장 하나의 투자비만 최소

10억 달러인데 삼원그룹 총 매출액이 5억 불도 되지 않아 과도한 투자비를 조달할 방법이 없다.

5. 부족한 사회 간접 자본: 반도체 공장은 365일 24시간 끊이지 않는 안정된 전력과 용수가 공급되어야 하는데 반도체를 하기에는 한국의 기반 시설이 너무 갖추어져 있지 않다.

크게 5가지의 부정적인 분석을 근거로 보고서는 사업의 포기를 권하고 있었다. 하지만 태호는 부정적인 예측 보고서와 달리 승부를 걸기로 내심 결정하고 조목조목 반대 의견을 피력했다.

우선 작은 내수의 해결책으로 한국의 소득이 올 연말까지는 9.3%의 성장에 2천 달러는 무난히 돌파할 것이라 예측하고, 전자 제품의 수요 또한 삼성이 시작한 1974년 당시보다 10배 이상 증가했으며, 앞으로도 꾸준히 증가하는 정도가 아니라 폭증하리라 예측했다.

빈약한 관련 산업은 반도체라는 기초 기반 기술로써 선도하겠다는 의지와 함께.

빈약한 기술은 인텔의 기술 지도 외에도 해외 각지에 유학, 취업하고 있는 전자 전기 석학들을 그룹으로 스카웃할 계획을 가지고 있다.

부족한 자본은 어차피 인텔과 합작 형태가 될 것이므로 충분히 조달이 가능하다 판단했다. 그리고 부족한 사회 간접 자본은 사업의 비전을 보임으로써 국가의 건설 투자를 유치하기로 했다.

이 외에 철저히 계산된 마케팅과 국제 경제를 읽을 줄 아는 리더와 두뇌 집단에 의해서 각본을 짜고, 강력한 추진력을 가진 정부의 힘을 빌릴 수 있다면 충분히 승산이 있는 모험이라 판단했다.

더구나 삼성이 성공했으니 삼원도 성공할 것이라는 강한 믿음이 있었다. 그러나 가장 중요한 것은 인텔의 그늘을 벗어나야 한다. 그러기 위해서는 5년마다 계약을 갱신하여, 어떠한 일이 있어도 경영권만은 확보하겠다는 전략이었다.

만약 경영권이 확보되지 않거나 5년마다 계약을 갱신할 수 없다면 포기하기로 내심 결정했다. 이렇게 보고서를 수정한 태호는 곧장 보고서를 들고 회장실로 찾아갔다.

그리고 그곳에서 일시 귀국해 있던 김재익 사장과 셋이 장장 4시간에 걸친 난상 토론 끝에 반도체산업을 시작하기로 하고 인텔 측과 협상을 벌이기로 했다.

그러나 태호가 이미 결심한 대로 인텔의 종속을 피하기 위해, 5년마다 계약 갱신 및 최소 지분 50%를 넘겨 경영권을 확보하지 못하면 언제든 이 사업은 미련 없이 단념하기로 확정했다.

그 대신 양보할 것도 있어야 협상이 될 것이므로 최초 5년 간은 인텔의 상표를 붙여 세계시장에 판매가 되는 OEM 방식도 수용하기로 했다. 컴퓨터 제조 또한 마찬가지 조건으로 협상에 임하기로 하고, 김 사장은 그 이튿날 바로 협상을 위해 출국했다.

이런 속에 호텔과 백화점의 준공이 떨어졌다. 이제 오픈만 남았으나 백화점은 미처 물건의 구색을 갖추지 못해 태호의 결혼식보다 1주일 뒤로 오픈을 늦추고, 돌아오는 일요일에 호텔 개장과 함께 호텔 내 컨벤션 센터에서 성대한 결혼식을 거행하기로 했다.

이에 따라 각지로 청첩장이 돌려지는 속에 태호는 효주의 요청으로 퇴근 후 두 사람의 살림집을 구경하기로 했다. 이 집 구경에는 태호의 요청으로 네 명의 경호원도 동행을 하게 되었다.

두 대의 차로 집 앞에 도착한 후, 태호가 인터폰을 누르기도 전에 문이 저절로 열렸다. 효주가 이미 6명의 경비원을 구해 12시간씩 2교대에, 한 팀은 하루를 쉬는 체제를 만들어놓았기 때문에 경비원이 문을 따준 것이다.

아무튼 집 안으로 들어선 태호가 새삼 집 안 전체를 둘러보았다. 대지 100평에 1층의 건평이 50평이므로 상대적으로 정원이 작아 보였다. 그러나 신록의 계절 5월을 맞아 잔디는

융단처럼 포근하게 깔려 있고, 정원수들은 그 푸르름을 한껏 뽐내고 있었다.

이렇게 태호가 잠시 내부를 둘러보고 있는 동안 효주는 물론 네 명의 경호원도 함께 멈추어 서서 집 구경을 하고 있었다. 그런 그들을 향해 태호가 말했다.

"오늘 네 분을 모시고 온 것은 앞으로 출근 전 이 집으로 와 경호에 임해달라는 부탁을 드리기 위해서입니다."

"알겠습니다, 사장님!"

대표로 경호과장 직책을 지닌 윤정민이 답하자 태호는 장인애를 보고 말했다.

"별도로 드릴 말씀이 있습니다."

"네."

태호가 말과 함께 걸음을 옮기자 장인애 역시 대답과 동시에 그 뒤를 따랐다. 태호가 조금 더 걸어 다른 사람들에게 말소리가 안 들릴 정도의 거리가 되자 멈추어 서서 입을 떼었다.

"내 생각입니다만, 장 계장은 앞으로 효주 씨를 단독 경호해 주는 것이 어떻겠습니까? 그리고 숙식도 2층에서 함께 해결하면 더 좋겠는데 의향이 어떠신지요? 혹시 부담이 된다면 거절하셔도 좋습니다."

"아, 아닙니다. 명에 따르도록 하겠습니다. 주거비도 안 나가니 더욱 좋겠네요."

"그렇게 생각해 주신다니 다행입니다. 그 시작은 우리가 신혼여행을 다녀온 후로 하는 게 좋겠습니다."

"네."

이때 효주가 두 사람 가까이 접근하며 물었다.

"무슨 얘기예요?"

"아, 아무것도 아니요."

태호는 그녀에게 선물이랄 것도 없는 작은 선물이지만, 티나지 않게 주고 싶어 얼버무리고 말았다.

5월 19일 토요일.

내일 12시에 예식이 있다. 그럼에도 불구하고 태호는 회사에 출근해 업무를 보고 있었다. 9시 반쯤 되자 조금 한가해졌다. 태호는 고향 집으로 전화를 걸기 위해 다이얼을 돌렸다.

잠시 신호가 가자 곧 받는 사람이 있었다.

—여보세요.

"할머니?"

—누구세요?

"저예요, 할머니. 태호!"

—아, 우리 장손! 그래, 그래, 어미 바꿔줄까?

"네, 할머니! 건강하시죠?"

—그럼, 그럼, 네가 부쳐주는 돈으로 어미가 철 따라 보약도

지어주니, 너무 오래 살까 걱정이다."

"오래오래 사셔야죠. 그래야 증손도 보시고."

—그래, 그래. 말이라도 고맙다. 어미 바꿔주마.—

"네~"

—에미야, 에미야! 전화받아. 태호한테 전화 왔다.

방 안에서 목청껏 어머니를 몇 번이고 부르는 소리가 들리는가 싶더니 어머니의 목소리가 들려왔다.

—어미다.

"설마 잔치 음식 준비하시는 것은 아니시죠?"

—잔칫집은 그래도 기름 냄새가 풍기고, 그래야 제맛이 나고 해서 전 몇 장 부치고 있다.

"뭐 하러 그러세요. 여기서 음식 전부 준비하는데."

—촌 인심은 그런 게 아니다. 서울 잔치 끝나고 나면, 동네 사람들 불러다가 한 잔씩 먹여야지. 안 그러냐?

"그렇긴 뭐가 그래요. 그건 알아서 하시고. 전에 말했듯이 내일 8시면 회사 통근차 2대가 갈 테니, 늦지 않도록 동네 사람 전부 모시고 오세요."

—그래, 고맙다. 그런데 청주 고모는 어떻게 한다든?

"그걸 저한테 물으시면 어떡해요? 연락을 취해 태우고 오든지 말든지 하셔야지요."

—청첩장이야 보냈다만…….

"제가 연락해서 내일 9시 반에 공설운동장 앞으로 오라고 할 테니, 그곳에 들러 태우고 오세요."

—어떻게 연락할 건데?

"고모네 집도 제가 전화 한 대 놔드렸어요. 다른 건 못 해도 연락은 하고 살아야 할 것 아니에요."

—잘했다. 정말 잘했어.

"외삼촌네는요?"

—괴산 외삼촌 내외는 오늘 미리 오시기로 했고, 서울 작은 외삼촌은 바로 식장으로 간다 하더라.

"알았습니다. 끊을게요."

—그래, 그래. 색시한테 잘하고.

"알았어요."

태호는 곧 전화를 내려놓고 한숨을 쉬었다.

일주일 전쯤이었다. 사무실로 전혀 예상치 못한 전화가 걸려왔다. 청주 고모로부터였다. 말씀의 요지는 고모의 장남이 얼마 안 있으면 군대에서 제대를 한다고 취직을 부탁한다는 내용이었다. 그러나 태호는 그럴 능력이 없다고 냉정히 거절했다.

그러자 고모의 입에서 '싸가지 없는 놈'이라는 욕과 함께 몇 개의 사장직을 맡고 있는 놈이 사촌 동생 하나 취직 안 시켜 준다고 많은 서운함을 표출했다. 이 과정에서 통화가 길어지자 공중전화인지 곧 끊어진다는 신호인 뚜뚜뚜 소리가 들렸다. 이 소리를 듣고 태호는 우선 전화부터 놔드려야겠다는 결심을 하고 바로 실천을 했다.

그리고 사 일 전 전화가 왔다. 물론 고모로부터였다. 전화를 놔줘서 너무 고맙다는 내용으로 자신이 첫 통화라 했다. 그리고 다시 한번 고종사촌 동생의 취직을 부탁하기에 생각해 보겠다는 말로 전화를 끊은 일이 있었다.

집안의 한 사람이 잘되면 주변 많은 사람들이 그에게 기대를 거는 것이 어쩌면 한국인의 오래된 관습인지도 모르겠다. 이런 관습이 면면히 내려오기에 대통령 친인척 문제가 역대 정권마다 말썽이 되는 모양이었다.

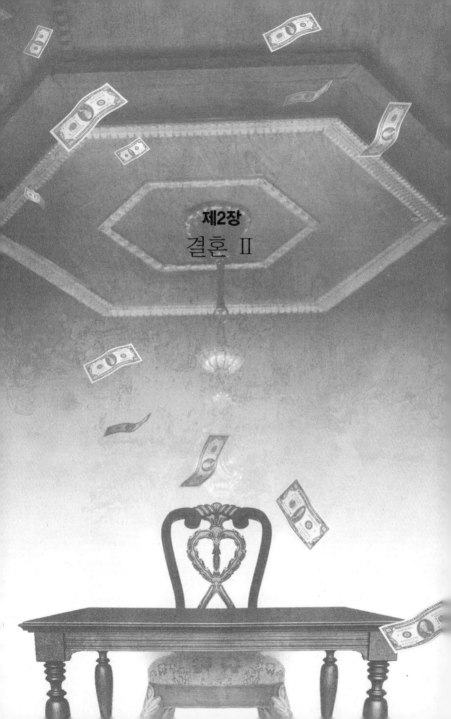

제2장
결혼 Ⅱ

5월 20일.

오늘이 드디어 효주와 결혼하는 날이다. 설레는 마음에 잠을 설친 태호는 평소보다 30분 빠른 4시 30분에 기상을 했다. 7시에 간부 회의를 주재하고부터는 기상 시간을 1시간 앞당겨 5시에 기상을 했었다.

아무튼 태호는 평소의 습관대로 가볍게 운동을 하고 조간 신문을 빠른 속도로 읽었다. 그러고 나니 6시. 새로 들인 가정부에 의해 식탁에는 벌써 아침상이 차려져 있었다.

태호의 부탁에 의해 아침상은 단출했다. 계란 프라이 한

개. 우유 한 병, 녹두죽 한 공기, 여러 과일을 갈아낸 주스 한 컵 등이 전부였다. 빠른 속도로 이를 다 먹어 치운 태호는 동네 이발소로 가 30분에 걸쳐 이발을 했다.

이발을 끝낸 태호는 곧장 이 회장 댁으로 갔다. 효주도 요즈음은 이 회장 부부의 부탁에 의해 그곳에 머물고 있었다. 아무튼 태호가 이 회장 댁에 도착하니 오늘따라 늦은 아침 식사가 진행되고 있었다.

"와~! 역시 우리 사위 인물 한번 훤하고만."

이발을 한 모습을 보고 이 회장이 평소답지 않게 태호를 칭찬하자 박 여사는 물론 효주마저도 미소를 매달고 태호를 새삼스럽게 바라보았다.

"오늘은 아침이 좀 늦네요."

"음. 가정부 아들이 또 속을 썩여서 말이야. 내가 전화 한 통화로 유치장에서 빼주긴 했지만, 거 언제쯤 철이 들지. 나이가 벌써 삼십 가까이 됐을 텐데 말이야."

"그래서 아줌마가 안 보이는 건가요?"

"잘 타이르라고 하루 휴가를 줬어."

"네."

"그나저나 아침 식사는 했나?"

"네."

"오늘 11시 반에 개관 테이프 끊는 거 알지?"

"네, 어찌 잊겠습니까?"

"백화점과 호텔의 부사장으로 효주를 앉히고, 자네를 사장으로 앉힌 것은 자네도 알다시피 효주만으로는 좀 불안해서야. 그러니 자네가 잘 돌봐주라고."

"내가 어린애인가요? 잘 돌봐주게."

발끈하는 효주를 어이없는 얼굴로 바라본 이 회장이 말했다.

"경영에 대해서만은 너는 생초보야. 대리나 하면 맞을걸 부사장에 앉혀놨더니 뭐, 어쩌고 어째?"

"그렇지도 않습니다, 장인어른! 저도 효주 씨의 능력에 몇 번이나 깜짝 놀란 적이 있습니다. 잘할 겁니다."

"그래?"

자신의 딸이 능력 있다는데 싫어할 부모 없듯이 이 회장도 마찬가지라, 효주를 칭찬하니 기쁜 얼굴을 감추려 괜히 태호에게 트집을 잡았다.

"그러나저러나 자네는 아직도 '효주 씨'가 뭐야? 제 마누라 될 놈에게."

"앞으로는 달리 불러야죠. 그렇죠? 여보!"

"하하하!"

"호호호!"

태호의 '여보' 소리에 장인 장모가 대소를 터뜨리는데 효주만은 얼굴이 붉어져 고개를 숙인 채 식사에만 열중하는 척했다.

*　　　*　　　*

시간은 더디게 흘렀다. 오늘만 해도 태호는 시계를 벌써 몇 번이나 보았는지 모른다. 효주가 식사를 마치고 외출 준비가 되자 태호는 바로 그녀를 태워 신부 화장을 하게끔 호텔 내 3층 웨딩홀 신부 전용 미용실로 데려다주었다.

호텔 내에도 3층은 예식장으로 꾸며져 일반 손님을 받게끔 되어 있었다. 그러나 태호의 결혼식은 이곳이 아닌 지하 1층에 위치한 컨벤션 센터에서 하기로 예정되어 있었다.

예식장 하나를 빌리기에는 너무 많은 하객이 몰릴 것이 예상되므로 그렇게 잡은 것이다. 아무튼 그녀를 데려다준 태호 역시 호텔 내 이발소에 들러 가볍게 화장도 했다. 그리고 곧 그는 신랑 대기실로 들어가 예복으로 갈아입었다.

턱시도에 나비넥타이를 메고 가슴에는 그가 특별히 주문한 핑크색 장미꽃 한 송이를 패용했다. 그가 알아본 바에 따르면 '핑크빛 사랑', '핑크빛 연애' 등의 말이 있듯이 분홍색은 사랑과 행복을 느끼게 해주는 색깔로, 분홍색 장미의 꽃말은 '행복한 사랑', '사랑의 맹세'라는 것에 따른 것이다.

모든 준비를 마쳤어도 신부는 나올 기미가 없었다. 태호는 계속해서 시계만 바라보다 안 되겠다는 생각에, 지상 18층, 지하 4층의 전 층을 다시 한번 돌아보았다. 그리고 미용실에 가 보니 아직도 그녀의 화장이 진행 중이었다.

남자로서는 하품 날 일이었지만 '너무너무 예쁘다'라 말하며 칭찬을 해주고 그곳을 빠져나왔다. 그리고 태호는 호텔 정원으로 나왔다. 호텔 개관에 참석하기 위해 벌써 그룹 간부들이 하나둘 몰려오고 있다, 그를 보고 축하 인사를 건넸다.

"축하합니다, 사장님!"

"축하합니다, 실장님!"

"감사합니다."

태호가 일일이 악수를 건네며 예를 표하는데 깜짝 놀랄 일이 벌어졌다.

꺅~! 하는 비명 소리와 함께 고등학생으로 보이는 소녀들 30명이 우르르 태호에게 몰려들기 시작한 것이다. 정원 바위 뒤나 나무 뒤에 숨어 있던 아이들인 모양이었다.

아무튼 소녀 팬들의 기습에 경호에 임하고 있던 네 명이 일제히 달려들어 그녀들을 제지하려 하자 태호가 손을 저어 만류하며 말했다.

"내버려 둬요."

"축하해요! 태호 씨!"

"미워요! 태호 씨!"

"아름다운 사랑 오래오래 잘 가꾸세요!"

태호에게 우르르 몰려든 아이들이 각자 준비한 꽃다발 및 선물을 건네며 한 마디씩 하자, 태호로서도 받지 않을 수 없어 고맙다는 말과 함께 이를 모두 받아 경호원들에게 건넸다. 그리고 물었다.

"내 결혼 소식은 어떻게 알았지?"

"스포츠 신문에 대문짝만 하게 실린 거 모르셨어요?"

"응. 나는 평소에 스포츠 신문을 안 보거든."

사실 오늘 조간신문에 신문마다 작게 난 결혼 기사는 보았다.

"유치해!"

어떤 소녀가 말도 안 되는 소리를 뱉는데 이 회장의 말소리가 들려왔다.

"허허, 우리 사위가 인기 있는 줄은 알았지만, 이렇게 열성 팬이 많은 줄은 몰랐군."

이 회장의 출현에 소녀 팬들이 서운한 표정으로 썰물 빠지듯 빠지고, 장인 장모가 그 자리를 대신했다. 겸연쩍은 표정을 지은 태호가 이 회장의 말에 답했다. 아니, 물었다.

"두 동서들은 왜 아직 안 오죠?"

일종의 말 돌리기였다. 이 회장이 서운한 표정을 감추지 못

하고 답했다.

"오늘 같은 날은 아침 일찍 건너와 식사라도 같이하면 어디 덧나나? 뭘 하고 있기에 아직도 안 와."

이러는 사이 간부들이 계속 몰려와 인사를 하자 곧 두 사람은 인사받기에 바빴다. 이러다가는 안 되겠다는 생각에 태호는 장인 장모에게 양해를 구하고 신부 대기실로 향했다.

있었다, 효주가. 세상에서 제일 아름다운 신부가. 그러나 약간 실망인 것은 순백의 드레스 차림이 아닌 양장 투피스 차림이라는 점이었다. 화사한 노란색이 그녀의 아름다운 얼굴과 잘 매치되고 있었다. 이를 본 태호가 엄지를 치켜들며 말했다.

"세상에서 제일 아름다운 신부가 여기 있었군."

"정말 예뻐요?"

"물론! 이 세상에서 당신보다 아름다운 사람 있으면 나와 보라고 해."

"호호호……!"

태호의 너스레에 효주가 밝은 표정을 지으며 태호의 손을 잡으며 말했다.

"아직 장갑도 안 끼셨잖아요?"

"그러네."

대답하는 태호의 어깨에 살짝 어깨를 기댄 효주가 물었다.

"그 꽃 정말 예쁘네요."

"나는?"

"물론 태호 씨도 너무 멋있죠. 그런데 그 꽃말이 뭐예요?"

"행복한 사랑, 사랑의 맹세! 당신에게 전하고픈 말이었어."

"정말?"

"물론!"

"이러다 시간 늦겠다. 장갑 끼고 어서 가보자고요."

"그럴까?"

곧 두 사람은 신랑 대기실로 가 흰 면장갑을 끼고 정원으로 향했다. 두 사람의 등장에 환호와 박수갈채가 쏟아지는 속에서 뒤늦게 참석한 편봉호가 말했다.

"정말 잘 어울리는 한 쌍이다!"

"내가 봐도 그런데."

맏동서 소인섭마저 칭찬을 하는 가운데 장인 장모도 자신의 일인 것처럼 기뻐했다. 이때였다.

"태호야!"

신랑을 부르는 소리가 어디선가 들려왔다.

태호가 바라보니 약혼식 때 사회를 봐준 고향 친구 상백이었다.

"응, 어서 와."

가까이 다가온 상백이 손을 내밀며 축하 인사를 했다.

"축하한다. 친구야!"

"고맙다!"

"우와! 더 예뻐지셨네요. 거기다 더 예뻐지시면… 일찍 시집 가기를 잘하셨습니다. 공연히 세상 남자들 상사병 걸리게 하지 말고."

상백의 너스레에 살짝 얼굴을 붉힌 효주가 작은 소리로 말했다.

"고마워요."

이때였다. 벌써 정원 가득 찬 회사원 내지 하객들을 비집고 통근 버스 2대가 정원으로 들어서고 있었다. 직감적으로 부모님 및 고향의 마을 사람들이 타고 온 차임을 알아챈 태호가 이 회장에게 말했다.

"부모님이 오시는가 봅니다."

"그러게."

곧 이 회장 부부는 물론 두 동서 부부 등 처가의 일가붙이들이 버스로 이동을 하기 시작했다. 물론 태호도 신부 효주를 데리고 함께 통근 버스 쪽으로 향했다.

곧 버스가 서고 차에서 할머니를 부축한 아버지와 어머니 그리고 막냇동생을 비롯해 고모 내외, 큰 외삼촌 내외가 차례로 버스에서 내리기 시작했다.

"아이고, 사돈어른! 먼 곳에서 오시느라 고생 많으셨습니다.

아, 죄송합니다. 사장어른부터 먼저 인사를 드려야 하는 건데."

이 회장이 먼저 악수를 청하며 반갑게 맞자 할머니가 먼저 이 회장의 인사에 답했다.

"괜찮습니다. 준비하느라 고생 많으셨죠?"

"돈만 주면 다 되는 일인데 고생은 뭐, 괜찮습니다."

아버지가 이 회장의 손을 맞잡으며 화답했다.

"고생 많으셨습니다."

안사돈은 안사돈끼리 또 인사를 나누는데 비로소 차례가 돌아온 효주가 할머니와 아버지께 인사를 드렸다.

"오셨어요? 승용차로 모셔야 되는 건데……."

"아, 아니다. 편하게 잘 왔다."

아버지의 말에 이어 할머니가 효주를 가볍게 끌어안으며 말씀하셨다.

"우리 손주 며늘아기! 오늘따라 더 곱구나!"

"고마워요, 할머니."

어머니도 뒤늦게 동참해 효주의 인사를 받았다.

이렇게 왁자지껄하게 인사를 나누는 사이 테이프 커팅식 준비가 다 되었는지 비서실장 오철규가 다가와 이 회장에게 고했다.

"준비 다 됐습니다, 회장님!"

"그래? 그럼 가자고."

"네!"

"잠시 실례하겠습니다."

할머니와 부모님께 양해를 구한 이 회장이 앞장을 서고 태호와 효주도 그 뒤를 따랐다.

호텔 입구로 가는 내내 태호는 동네 사람들에게 인사를 하며 그들의 놀라는 모습을 보아야 했다. 한껏 고개를 치켜들고 18층 호텔 건물을 바라보며 감탄사를 쏟아내는 모습이었다.

"굉장하군, 굉장해! 태호가 이런 재벌집 사위가 된단 말이지."

"그러게 말이야. 그 어렵다는 고시를 하나도 아니고 셋씩이나 합격한 놈이 뭐 할 짓이 없어서 회사에 들어갔나 했더니, 다 이유가 있었군."

이런 이들을 지나쳐 태호는 곧 현관 앞으로 갔다. 그곳에는 이미 오색 테이프를 호텔 경비원이 양쪽에서 잡고 있는 가운데 이 회장 부부를 비롯해 두 동서, 호텔의 고위 임원 몇 명이 그 앞에 서 있었다.

모든 흰 장갑을 끼고 가위를 든 채였다. 그곳으로 태호가 효주를 데리고 도착하니 이 회장이 태호를 자신의 곁으로 불렀다.

"이리 오게."

"네, 회장님!"

태호가 효주와 함께 이 회장 바로 곁에 자리를 잡자 옆에 서 있던 편봉호가 상을 찡그리면서도 옆으로 이동을 했다.

"자, 모두 오신 모양이니 곧 커팅식을 거행하겠습니다. 하나, 둘, 셋 하면 회장님부터 일제히 자르는 것으로 하겠습니다."

"준비, 하나, 둘, 셋!"

사회자의 진행에 따라 이 회장부터 가위로 오색 테이프를 절단하는 것으로 모든 사람들이 가위질을 했다. 그러자 오색 테이프가 순식간에 동강이 났고, 이내 땅에 떨어졌다.

"자, 다음은 오늘 삼원호텔 개관일을 맞아 회장님 내외분과 호텔 사장님 내외분의 기념식수가 있겠습니다."

곧 정원으로 이동한 태호 일행은 이 회장과 함께 사철 푸르른 향나무 한 그루씩을 호텔 정원에 심었다. 이것이 끝나자 장모가 효주에게 말했다.

"늦겠다. 어서 가서 드레스 입어."

"네, 엄마!"

효주가 답하고 급히 3층으로 향했고, 이때부터 태호는 연이어 들어오는 그룹 내 사람들과 대학 고등학교 동창들에게 축하 인사를 받았다.

그러다 10분 전이 되자 태호는 지하 1층에 위치한 컨벤션 센터로 이동을 했다. 역시 그 넓은 홀이 입추의 여지없이 하객들로 가득 찬 가운데 태호는 이곳에서도 정신없이 축하 인사를 받고 인사를 건네야 했다.

그런 속에 금방 10분이 지나가자 오늘의 사회자인 요즘 잘나가고 있는 코미디언 심형래가 장내를 정리하기 시작했다.

"곧 예식이 시작될 예정이오니 뒤에 서 있는 분들은 앞자리가 비었으니 앞으로 나와주시기 바랍니다."

장내가 정리되자 심형래가 말을 이었다.

"자, 그럼 지금부터 신랑 김 태호 군과 신부 이 효주 양의 결혼식을 시작하겠습니다. 먼저 신랑 입장! 요이~ 땅!"

코미디언이라 딴에는 웃긴다고 웃기는 멘트를 하는 사회자의 명에 따라 대기하고 있던 태호가 씩씩하게 걸어 나오니 여기저기서 찬사가 터져 나왔다.

"멋지다!"

"신랑 인물이 너무 준수한 거 아냐?"

"신부는 어떻고?"

종내는 다툼으로 번질 것 같은 어느 부부의 이야기는 웃고 떠드는 소리에 묻히고, 태호가 단상에 서자 이번에는 신부의 입장이 시작되었다.

"신부 입장!"

웨딩 마치가 은은하게 울려 퍼지는 속에 이 회장의 손을 꼭 잡은 5월의 신부 효주가 그 순백의 아름다움을 뽐내며 우아하게 들어오자 곳곳에서 탄성이 터져 나왔다.

"내 평생을 결혼식장에 쫓아다녔는데 저렇게 예쁜 신부는 처음 봤네!"

"너무너무 예쁘다!"

"신부가 아깝다!"

"무슨 소릴!"

이렇게 시작된 식은 성혼 선언문 낭독 등의 절차를 거쳐 주례사가 시작되었다. 오늘의 주례는 태호가 특별히 부탁해 계 장군이 맡고 있었다. 주례가 한창 진행되더니 계 장군이 이런 말을 했다.

"살다 보면 온갖 풍파를 다 겪겠지만 주례로서 꼭 당부하고 싶은 말은, 어떠한 일이 있어도 한 방을 쓰라는 겁니다."

이 구절에서 태호가 효주의 옆구리를 살짝 찌르며 물었다.

"들었지?"

"네."

모기 소리처럼 거의 들을 수 없게 답하곤 효주의 얼굴은 금방 홍당무가 되었다.

이렇게 주례가 끝나자 두 사람은 하객 쪽으로 돌아서게 되었다. 그 순간 태호는 보았다. 장모가 옷고름으로 연신 눈가를 찍으며 울고 있는 것을…… 이 회장 또한 눈물을 흘리진 않았지만 눈가가 많이 붉어져 있었다.

이번에는 시선을 돌려 부모님을 바라보니 아버지는 연신 싱글벙글하시는데 어머니가 괜히 울고 계셨다. 그럼에도 불구하고 식은 예정대로 진행되고 있었다.

효주 대학 친구들이 축가를 불러주고 부케를 던져주는 등 여러 행사가 있었다. 곧 사진 촬영이 시작되었다.

두 사람만 찍는 것을 시작으로 하여 가족사진, 친구들과의 사진 등의 촬영이 끝나고 이어 폐백식이 열리게 되었다. 둘은 3층에 마련된 폐백실에서 전통 혼례복으로 갈아입고 할머니는 물론 부모님과 고모 내외분께 폐백을 드렸다.

이 과정에서 어머니가 효주에게 밤과 대추를 던져주며 '아들 딸 열 명만 쑥쑥 낳아라!'는 말에 효주의 얼굴이 급 빨개지기도 했다. 폐백이 끝나자 효주는 개관 때 입었던 노란색의 투피스 양장으로 갈아입었다.

그리고 둘은 지하 2층에 마련된 피로연장으로 갔다. 피로연장은 두 사람이 폐백을 드리느라 지체했음에도 불구하고, 아직도 앉을 자리가 없을 정도로 하객들로 붐비고 있었다.

곧 두 사람은 테이블을 돌며 감사 인사를 하기 시작했다. 그러던 중 태호는 고등학교 동창들의 테이블에도 들르게 되었다. 그곳에는 재경 동창회장을 비롯해 전에 차를 팔아주었던 보험회사에 다니는 친구 이재덕도 함께 있었다.

"우와, 진짜 예쁘시네요. 무슨 복을 그렇게 많이 타고났기에 이놈은… 머리 좋아, 이렇게 예쁜 색시까지 얻으니 부러워 어디 살겠냐?"

재덕이 너스레를 떠는 동안 다른 친구들은 두 사람에게 술 권하기 바빴다.

"자, 한잔해라!"

"제수씨도 한잔하세요!"

"제수는 누가 제수야, 짜식아!"

"말이야 바른 말이지, 너 우리보다 두 살 어리잖아! 그런 놈이 평생을 맞먹어요."

"하하하!"

왁자한 웃음 속에 어느덧 태호의 잔에는 소주가 가득 채워져 있었다. 그러나 효주는 몇 번이고 사양하며 권하는 술을 사양했다. 아무튼 단숨에 한 잔을 들이킨 태호가 많이 빈 접시를 보고 말했다.

"더 갖다 놔라. 안주가 너무 부실하잖아."

"그러나저러나 하객이 얼마나 많은지 저 수십 명은 될 것 같은 요리사들이 미처 채워놓지를 못한다."

재경 동창회장의 말에 태호가 벽가에 있는 음식 있는 곳을 보니 여기저기서 음식이 떨어졌다고 난리였다.

오늘 음식은 뷔페식으로 준비되어 있었다. 1978년 세종호텔이 업계 최초로 선보인 한식 뷔페 이래, 호텔 및 여타 뷔페를 파는 곳도 꽤 늘었다. 그렇지만 아직은 생소한 식문화 습관으로 이 호텔에도 뷔페식당이 예정되어 있었다.

아무튼 이렇게 고교 동창들을 만나게 되었는데, 동창들만 해도 자그마치 50여 명을 만났다. 그들의 말에 따르면 삼분의 이는 벌써 먹고 갔다는 것이다. 사회란 이런 것이다. 잘되는 친구에게는 콩고물이라도 떨어질까 하고 문전성시를 이루지만, 안된 친구에게는 얼씬도 않는 것이 사회 생리인 것이다.

아무튼 이렇게 시작된 술이 대학 동기나 가까운 일가친척들이 마주치면 자꾸 술을 권하는 바람에, 태호는 한 잔씩 받아먹은 것이 누적되어 많은 술을 마시게 되었다.

그럴 때마다 효주가 태호의 옆구리를 살짝 찌르며 말했다.

"그만 마셔요. 그러다 취하겠어요."

"아직은 괜찮아."

"술에 장사 있어요?"

"알았어."

투덕거리며 테이블을 돌다 보니 청주 고모 및 그 가족이 앉아 있는 테이블에도 들르게 되었다. 고모가 물었다.

"뭘 먹었니?"

"술만 잔뜩 마셨어요, 고모님!"

효주의 고자질에 고모가 두 명의 자식을 바라보며 말했다. 고등학교 다니는 남동생과 대학에 갓 입학한 누나 등 아들과

딸이었다. 아무튼 고모의 말에 두 사촌 동생이 자리에서 발딱 일어나 음식을 가지러 가고, 지금까지 술타령을 하고 있던 낯 모르는 두 사람이 눈치껏 자리를 뜨자, 두 사람은 곧 그 자리에 가 앉았다.

이곳에서 두 사람은 잡채, 갈비, 해물, 김밥 등 여타 음식을 조금 먹는 것으로 허기를 달래고 급히 자리를 떴다. 먹던 도중 효주가 자꾸 시계를 보더니 태호의 옆구리를 찌르며 말했기 때문이었다.

"태호 씨! 곧 비행기 탑승 시간이 다가와요."

아직도 세 시간이나 남았지만 태호는 못 이기는 척 바로 할머니와 부모님 그리고 경순까지 두 명의 동생이 앉아 있는 곳으로 갔다.

곧 둘은 그곳에서 인사를 드리고 피로연 회장을 빠져나왔다. 물론 부모님에게도 거짓말을 했다. 곧 탑승 시간이라고.

이렇게 피로연장을 빠져나온 두 사람은 프런트로 가, 지배인의 안내를 받으며 최상층으로 향했다. 18층은 로열층으로 하루 숙박비만 최소 50만 원에서 100만 원을 호가했다.

아무튼 18층으로 향하는 엘리베이터 내에서 효주가 물었다.

"다리 안 아파요?"

"괜찮은데."

"안 신던 하이힐을 신고 오래 서 있어서 그런지 다리가 되게 아프네요. 느낌에는 부은 것 같아요."

"내가 주물러 줄게."

이 말에 또 다시 복사꽃이 만발하는 효주의 예쁜 얼굴이었다.

호텔에서 1시간여를 쉰 태호와 효주는 지하 4층 주차장으로 내려와 곧장 대기하고 있던 차에 올랐다. 운전은 윤정민 경호과장이 했고, 조수석에는 장인애가 타고 있었다.

물론 둘은 뒷좌석에 나란히 앉아 가고 있었다. 그러나 여느 신혼부부처럼 동석한 사람이 민망하게 쪽쪽 빨거나 하지는 않았다. 단지 둘은 손을 꼭 잡았을 뿐이었다. 효주의 땀 가득한 손을.

어쨌거나 차는 빠른 속도로 내달려 김포공항에 도착했고 이내 수속을 밟고 꽤 오랜 시간 대기실에서 기다렸다가 이내 탑승을 했다. 그리고 6시가 되자 비행기는 활주로를 이륙해 하늘 높이 떠오르기 시작했다.

두 경호원은 차를 몰고 돌아간 뒤였다. 아무리 경호도 중요하다지만 신혼여행지까지 그들의 간섭을 받는 것은 질색이었기 때문이었다. 아무튼 비행기가 이륙해서 20분이 지났어도 5월의 태양은 여전히 밝게 빛나고 있었다.

창가에 효주를 앉힌 태호는 창밖으로 시선을 주며 말했다.

"저 아래 좀 봐요. 마치 소인국 나라를 보는 것 같지 않아요? 올망졸망한 집하며 사람은 개미와 다를 게 없군요."

"그러게요. 이렇게 보니 참으로 인간이 보잘것없이 느껴지네요."

"우주 만물에 비하면 우리 인간은 개미보다도 훨씬 못한 미미한 존재겠죠. 생존을 위해서 열심히 몸부림치는 것이 때로는 허망하기도 해요."

"그래요. 하지만 사는 날까지는 최선을 다해 살 필요가 있겠죠. 후회가 남지 않도록……."

"옳은 말입니다. 그러니 우리가 청춘일 때는 열심히 즐기는 것입니다. 더더구나 신혼일 때는 더 일러 무엇 하겠습니까? 그렇지? 여보!"

말끝에 태호가 입 모양을 부풀리며 그녀의 볼로 접근시키자 효주가 살짝 밀며 말했다.

"아이, 징그러워요. 치워요."

"어디 두고 봅시다. 이따 밤에도 징그럽다 하는지."

"두고 보자는 사람 하나도 안 무섭더라."

"그렇게까지 말했겠다. 좋았어! 정말 잠자리에서 봅시다."

'잠자리'라는 말이 나오자 얼굴을 붉히며 아무 말이 없는 효주를 향해 태호가 물었다.

"우리 아기 몇 낳을까?"

"......"

부끄러운지 답이 없었다. 그래서 태호가 물었다.

"생각 안 해봤소?"

"둘 정도가 좋을 것 같아요. 아들 딸, 딱 한 명씩."

"만약 딸만 둘 낳으면."

"그래도 그만 낳는 게 좋겠어요."

"거기에 아들 하나만 더 나읍시다."

"생각 좀 해보고요."

이렇게 가족계획까지 이야기하며 이런저런 이야기를 하다 보니 어느덧 푸른 바다가 눈앞에 펼쳐지고 있었다. 이 모습을 보고 태호는 어느 유력 정치인이 한 말이 머리에 떠올랐다.

'미국 여행을 하다 한국으로 돌아올 때 이곳이 우리 땅 제주이다 싶은데, 그곳에서 채 한 시간도 안 되어 내려야 하는 현실에, 광대한 미국 땅에 비하면 참으로 한국 땅이 좁구나 하는 것을 매번 실감합니다.'

제주와 반도 사이의 바다를 포함해도 광대한 미국 땅에 비하면 조족지혈. 그런 땅에서 우리는 태어나 그 어느 나라 국민보다 치열하게 산다는 생각을 하며 태호는 피곤한지 어느새 졸고 있는 효주를 가만히 바라보았다.

'참으로 예쁜 얼굴이로구나!'

제 색시지만 다시 한번 감탄하며 고개를 끄덕이는데 채 한 시간도 안 되는 비행시간이 어느덧 끝나가고 있었다.

공항에서 공항 택시를 잡아 탄 둘은 예약한 제주 KAL호텔로 직행했다. 공항에서 가까운 거리에 위치해 있어 둘은 금방 예약된 스위트룸에 여장을 풀 수 있었다.

마침 때가 저녁때라 태호는 무엇을 먹을 것인지 효주와 상의를 했다. 이 호텔에서 유명한 한우 철판구이, 중국 정통 코스 요리, 서양 요리를 놓고 고민하던 둘은, 갑자기 정통 중국 요리가 먹고 싶다는 효주의 말에 '심향(沈香)'이라는 중식당으로 갔다.

창가에 자리를 잡은 둘이 코스 요리를 주문하니 머지않아 상어지느러미 스프를 시작으로 매생이 게살스프 등 코스 요리가 나오기 시작했다. 그런데 태호로서는 무언가 허전했다. 그래서 웨이터를 불러 고량주를 주문하니 효주가 화를 냈다.

"낮에 그렇게 마시고도 또 마셔요?"

"벌써 다 깼어."

"참, 정말! 평생 술과 사는 거 아닌지 몰라."

"사업차 어쩔 수 없으면 몰라도 집에서는 절대 마시지 않는 사람이야."

"알았으니 절제 좀 하세요."

"알았어, 알았어."

이렇게 태호의 술은 시작되었고, 이어 나오는 코스 요리는 안주로 전락했다. 팔보채, 양장피, 깐풍기, 심지어 탕수육까지. 이런 태호의 모습에 효주의 이맛살이 찌푸려지는 걸 보고 태호가 말했다.

"당신을 안을 생각을 하니 긴장이 돼서 그래."

태호의 말에 피식 실소한 그녀는 먹을 만치 먹었으니 빨리 자리를 옮기자고 재촉했다. 결국 태호는 효주의 손에 이끌려, 짜장면이나 짬뽕 중 택일하게 되어 있는 면 요리는 먹어보지도 못하고 나왔다.

스위트룸으로 돌아온 태호는 커튼부터 열어젖혔다. 그러자 불야성을 이룬 제주 시내가 한 눈에 내려다 보였지만 바다는 제대로 볼 수 없었다. 밤이기 때문에 바다 쪽은 어둠 그 자체였다.

이렇게 태호가 야경을 구경하고 있으니 뒤에서 태호의 허리를 끌어안은 효주가 말했다.

"멋있네요."

"응. 그렇지? 그래도 세상 만물 모든 것이 당신의 아름다움에는 미치지 못해."

"정말?"

"빈말인 거 다 알잖아?"

"뭐예요?"

효주가 태호의 옆구리를 꼬집고 달아났다. 태호가 뒤를 쫓

았다. 결국 효주가 달아난 곳은 침대였다. 가서 엎어지는 효주
를 태호는 뒤에서 덮쳤다. 그리고 그녀의 머릿결 향내를 맡으
며 속삭였다.

"사랑해!"

"나도요."

그녀의 말은 시트에 대고 하는 바람에 웅얼웅얼 잘 들리지
않았다. 그래서 태호가 큰소리로 물었다.

"뭐라고?"

"나 먼저 씻고 올게요."

효주가 몸을 접히자 태호가 힘없이 나뒹굴고 그녀는 빠른
걸음으로 욕실로 사라졌다.

효주는 참으로 오래 씻었다. 태호의 생각에 30분 이상 씻는
느낌이었다. 그러는 동안 태호는 TV 채널을 이리 돌리고 저리
돌려야 했다. 마침내 그녀가 가운 차림으로 나오자 이번에는
태호가 씻으러 들어갔다. 그녀가 씻은 시간의 절반도 쓰지 않
고 씻고 나온 태호가 효주에게 물었다.

"포도주 한잔할 테야?"

"또 술!"

"나는 안 마셔도 상관없어. 당신이 너무 긴장하는 것 같아
서. 술을 마시면 아무래도 긴장도 덜하고 부끄러움도 덜 탈
것 아니야?"

"그럼, 우리 딱 한 병만 해요."

"알았어!"

태호는 곧 선반 위에 진열된 술 중 포도주 하나를 골라 어렵게 병을 땄다. 그동안 효주가 가져온 견과류와 치즈를 놓고 둘은 테이블에 마주 앉았다.

곧 태호가 그녀의 글라스에 반쯤 채워주자 술병을 받아들며 효주가 물었다.

"당신은 안 마셔도 되잖아?"

"응."

태호가 시무룩한 얼굴로 답하자 효주가 말없이 술을 따르며 말했다.

"불쌍해서 준다."

그러거나 말거나 태호는 글라스를 들고 밝게 말했다.

"건배! 우리의 멋진 성생활을 위해서."

"쳇……!"

그러면서도 그녀는 잔을 부딪쳐 왔다.

곧 그녀가 포도주 한 모금을 넣고 오물거렸다. 태호도 휘파람을 부는 입 모양이 되어 한 모금을 마시고는 더 이상 마시지를 않았다. 그러나 효주는 몇 번에 걸쳐 잔을 다 비웠다. 태호가 말없이 그녀의 잔에 반을 채워주자, 그녀 또한 말없이 빠른 속도로 잔을 비워 나갔다.

이렇게 그녀 혼자 포도주 한 병을 거의 다 비우고 조금 있자 술기운이 오르는지 효주가 말했다.

"나는 왜 이렇게 술에 약하게 태어났지? 벌써 오르네요. 취한 것 같아요."

"아주 심한 정도는 아니지?"

"물론 그 정도는 아니에요. 기분 좋은 정도?"

"그럼, 됐어. 그만 마시자고."

"네."

"잘까?"

"안아줘요."

"오케이!"

태호는 발그레 물든 그녀의 고운 얼굴을 바라보며 그녀를 번쩍 안아 들었다. 그리고 침대로 향했다.

"내가 무거웠으면 곤란했겠죠?"

"그때는 업고 갔겠지."

"쳇……!"

태호는 침대에 도착하자마자 그녀를 가볍게 침대 위에 던졌다.

출렁! 침대가 쑥 들어갔다 나왔다. 그녀가 화난 목소리로 말했다.

"뭐예요?"

"뭐긴 뭐야!"

말을 하며 태호는 자신도 그녀의 옆에 몸을 던지고는 앙탈하는 그녀를 끌어안았다. 그리고 그녀의 이마에 진중한 입맞춤을 했다. 꽤 오랫동안.

입술을 떼며 태호가 말했다.

"이건 당신을 사랑하고 존중한다는 의미야."

"고마워요."

"당신 피곤하지 않아?"

"아닌 게 아니라 피곤하네요."

"안마해 줄까?"

"정말?"

"그럼. 그 대신 가운을 벗어."

"그냥 하면 안 돼요?"

"안마하는 사람의 품을 생각해 봐. 살이라도 만지는 재미가 있어야지."

"알았어요."

답한 그녀가 일어나 앉아 가운을 벗었다.

곧 그녀가 가운을 벗었음에도 불구하고 태호는 실망하고 말았다. 그 안에 브래지어와 팬티를 입고 있었기 때문이었다. 그렇지만 태호는 곧 아무렇지 않은 표정으로 말했다.

"엎드려 봐."

"네."

그녀가 엎드리자 태호 또한 가운을 벗고 팬티 차림으로 그녀의 허리쯤에 올라탔다. 그리고 그녀의 폭포수같이 흘러내린 긴 머리를 쓸어 모아, 왼 목 쪽으로 넘겼다. 그리고 그녀의 머리에 손을 얹었다. 이내 태호는 손가락을 세워 그녀의 두피를 가볍게 긁거나 꼭꼭 힘을 주어 눌렀다.

"아이고, 시원해! 매일 머리를 감는데도 왜 이렇게 시원하지."

"남자나 여자나 그렇게 반응을 해야 돼. 그래야 하는 사람도 신이 나 더 열심히 할 거 아니야."

"그건 그렇겠네요."

"성생활도 그럴 것 같아. 열심히 애무를 하고 있는 데도 남자나 여자나 아무런 반응도 없이 시체처럼 누워 있어봐. 이건 시간하는 것도 아니고, 정말 재미없을 것 같지 않아?"

"어째 유경험자가 말하는 것 같은데요?"

"나름 상상해 본 거니 오해는 말아줘."

"알았어요. 거기 목 중앙 뼈를 좀 더 세게 눌러줘요."

"그렇지. 이렇게 자신의 욕구를 제대로 표현하는 게 서로를 위해 좋겠어. 헛발질만 열심히 하고 있는데도 아무런 말을 하지 않으면, 상대는 그게 정답이라 생각하고 열심히 헛지랄만 하고 있을 것 아니야?"

"거기에 왜 지랄이 들어가요."

"하하하!"

웃음을 그친 태호가 갑자기 좀 더 내려와 앉더니 그녀의 등줄기 뼈를 아플 정도로 세게 누르기 시작했다. 곧 그녀의 반응이 나타났다.

"아이고, 아이고! 좀 살살. 아파요."

"그래?"

태호는 조금 힘을 빼고 등줄기 라인을 쭉 훑듯이 타고 내려가는가 하면 조금 힘을 빼고 주무르기도 했다. 그러던 그가 그녀의 몸에서 내려앉는가 싶더니 그녀의 허벅지 부분을 시작으로, 종아리 부분을 툭툭 치기도 하고 주무르기 시작했다.

"아야야……!"

"알 밴 것 같은데?"

"네, 아프면서도 시원하네요."

"요즘 너무 많이 걷고 오래 서 있어서 그래."

"그런 것 같아요."

그녀의 대답을 들으며 태호는 갑자기 그녀의 발을 들어 올렸다.

"거긴 왜요?"

"발은 남의 것인가?"

"그건 아니지만."

태호는 그녀의 발을 집어 들고 가운데 움푹 들어간 부분을 꾹꾹 누르는가 싶더니 발가락 전체를 골고루 주무르기 시작했다. 그러던 그가 손톱을 세워 금을 긋듯 치달리니 발을 있는 대로 오므리며 효주가 소리쳤다.

"간지러워요."

"예민한데?"

"몰라요. 어머!"

어느 순간 그녀의 발가락 전체가 태호의 입안에 들어가 빨리고 있었다.

"어홍, 홍, 홍……!"

그녀의 몸이 늘어지는 것이 확연히 눈으로 들어왔다. 강한 흥분감을 느끼고 있는 것이다. 태호는 여기서 그치지 않았다. 혀로 그녀의 발바닥을 누비고 다녔다.

그녀의 발만 아니라 몸 전체가 움찔움찔 하면서도 그녀는 기분 좋은 콧소리를 토해내고 있었다. 만약 팬티를 벗은 상태라면 수시로 항문의 괄약근을 조이는 모습을 목격할 수 있었을 것이다.

아무튼 그렇게 약 5분에 걸쳐 양발을 정성껏 애무한 태호가 한마디 하며 그녀의 엉덩이 쪽으로 접근했다.

"당신의 뒤태를 보고 싶어."

"다 보이잖아요."

"히프 쪽을 더 세밀하게."

"몰라요."

말을 하며 태호는 그녀의 동의도 구하지 않고 팬티를 단숨에 벗겨 내렸다. 그리고 그녀가 무어라 할 새도 없이 그녀의 동그란 히프에 연신 입맞춤을 했다.

"멋지군!"

"정말?"

"웅! 육감적이야."

"다행이다."

"브래지어 풀어도 되지?"

"웅. 어차피 당신에게 다 보여줄 건데 뭐."

"좋았어!"

곧 태호가 그녀의 등 쪽으로 접근해 브래지어 후크를 단숨에 풀어내자 효주가 말했다.

"아무래도 당신 프로 같아."

"아니야. 동생이 후크 푸는 것 많이 봤거든."

"뿐만이 아니잖아. 애무가 너무 능숙해."

태호가 억울한 표정을 지었지만 엎드려 있는 그녀가 볼 수는 없었다.

그래서 말로 변명할 수밖에 없었다.

"당신을 즐겁게 해주고자 많은 연구를 했지. 알아?"

말을 하며 그녀의 머리 쪽으로 접근한 태호는 갑자기 그녀를 옆에서 끌어안는가 싶더니 귀를 잘강잘강 씹기 시작했다. 뜨거운 바람과 함께.

"어머!"

깜짝 놀란 효주가 몸을 뒤챘지만 계속 되는 태호의 자극에 그녀의 호흡 또한 급격히 빨라지며 그녀의 전신이 마치 물먹은 솜처럼 늘어지기 시작했다.

그런 그녀를 태호는 살짝 힘주어 당겼다. 그러자 그녀는 천장을 보고 똑바로 누운 자세가 되었다. 열에 들떠 술 취한 사람처럼 붉어진 얼굴에 두 눈은 꼭 감은 채였다. 그러나 입은 반쯤 벌어져 있었다.

그런 그녀의 몸 위로 태호는 올라탔다. 그리고 그녀의 단아한 이마에 한동안 깊은 입맞춤을 했다. 그런 그가 입을 떼며 속삭였다.

"사랑해!"

그러나 효주는 대답이 없었다. 단지 고개를 끄덕이는 것으로 답을 하고 있었다.

그런 그녀의 모습은 마치 반쯤 혼이 나간 사람처럼 보였다. 그런 그녀를 지그시 바라보던 태호의 입이 그녀의 눈두덩으로 향했다. 그곳에서도 태호의 입술은 오랫동안 머물렀다.

그러자 그녀의 호흡이 직전보다는 많이 안정되었다. 그런 그녀의 모습을 보면서 내심 '후후'거리던 태호가 이번에는 그녀의 입술로 자신의 입술을 접근시켰다. 그리고 살짝 찍어 누르듯 가볍게 빨았다.

"으흥……!"

가벼운 반응이 왔다. 비록 미미한 반응이지만 그녀의 반응에 자극을 받아 태호의 입술 탐색이 더욱 적극적이 되었다. 그럴수록 그녀의 반응이 점점 강도를 더해갔다.

그러자 그녀도 수동적에서 적극적이 되었다. 태호의 목에 손을 두르고 태호의 입술을 빨려 덤벼들었다. 그러나 그 행위는 얼마 가지 못했다. 서투른 그녀의 몸짓을 즐기기보다는 그녀의 달달한 혀 맛을 음미하고 싶어졌기 때문이었다.

태호가 혀를 간질이듯 계속 희롱하자 그녀도 같이 혀를 움직이기 시작했다. 금방금방 습득하는 것 같아 기분이 좋았다. 그렇지만 쌍방 통행이 되니 얽히고설켜 제대로 된 키스가 되지 않았다.

이에 화가 난 듯 태호의 혀가 그녀의 구강 안으로 침입했다. 그리고 갑자기 그녀의 혀를 강하게 빨기 시작했다. 그러자 그녀는 마치 강아지가 낑낑거리듯 요상한 신음을 흘리며 적극적으로 매달려 왔다.

그러길 얼마. 그녀의 입에서 벗어난 태호의 혀는 그녀의 목덜미 쪽으로 접근했다. 그리고 얕게 빨기 시작했다. 깊게 빨면

경험상 키스 마크가 생겨 오래가는 것을 아는 까닭이었다.

아무튼 태호가 그녀의 목을 얕게, 그러나 동맥 위주로 빨자 강한 흥분감을 느낀 그녀가 비음을 흘리며 전신을 뒤틀기 시작했다. 그러길 얼마. 그녀의 더욱 거칠어진 호흡을 느끼며 태호는 그녀의 겨드랑이로 이동을 했다.

제모를 했지만 어느 정도 나는지는 알 수 있었다. 곧 태호는 그곳을 강렬하게 빨기 시작했다.

"아흐흐……!"

그녀가 몸을 뒤틀자 태호는 놀리듯 강렬함에서 고양이가 죽을 핥아 먹듯 재주를 부렸다. 여전히 흥분 상태에서 헤어나지 못하는 그녀를 보며 태호는 그곳에서 입을 떼어내 천천히 가슴 쪽으로 이동했다.

가슴을 애무하기 전. 태호는 먼저 눈으로 감상을 했다. B컵 정도의 아담한 크기에 마치 유혹하듯 가늘게 떨리고 있는 분홍빛 오디. 그런 떨기를 향해 태호는 천천히 입술을 접근시켰다.

그리고 이내 오디를 한입에 넣고 가볍게 빨았다. 아주 살짝. 그녀의 몸이 움찔하며 입에서 탄성이 새어나왔다.

"아……!"

그러나 태호는 그녀의 탄성을 무시하고 그녀의 유륜과 떨기를 중심으로 가볍게, 가볍게 희롱해 나갔다.

"아……! 너무 기분 좋아요!"

답할 필요성을 느끼지 못했다. 단지 태호는 더욱 정성 들여 그녀의 오디 부근을 탐닉했다. 계속되는 행위에 그녀의 엉덩이가 천천히 들리며 입에서는 연신 신음이 쏟아지기 시작했다.

"아으……! 아흐……!"

정말 민감한 여인이었다. 평소에도 조금만 큰 소리로 불러도 깜짝깜짝 놀라곤 한다. 거기다 간지러움을 무척 잘 탔다. 그래서 경험상 민감한 육체의 소유자일 줄은 알았다. 그러나 이 정도일 줄은 몰랐다. 이 정도 되면 밑은 만져보나 마나다. 벌써 범람해 시트마저 젖어가고 있을 것이다.

이런 여인일수록 강하게 애무하는 것을 싫어한다. 그래서 태호는 계속해서 혀로 그녀의 오디를 중심으로 빙빙 돌리거나 살짝 터치하다 가볍게 빨곤 했다. 그러던 어느 순간 태호는 그녀의 가슴을 입안 가득 담았다. 그리고 천천히 흡입했다. 마치 그녀의 가슴을 진공상태로 만들 것처럼.

"아후……! 아후후……! 나 미치겠어요! 태호 씨!"

"태호 씨가 아니라 여보야."

"네, 여보!"

그렇게 태호는 계속해서 그녀의 가슴을 공략해 갔다. 마침내 그녀가 '여보, 여보!' 소리를 연발하며 하늘 높이 엉덩이를 치켜들더니 부르르 떨기 시작했다.

'설마! 이 정도였어!'

태호가 전생에서 접한 여인들에게 물어보았다. 그러자 절반쯤 되는 여인이 첫아이를 낳고 나서 오르가즘을 느꼈다고 답했다. 그런 대답을 들을 때마다 믿어야 할지 말지 고민했지만, 남성인 그로서는 달리 알 길이 없었으므로 믿을 수밖에 없었다.

어찌 됐든 삽입도 하지 않았는데 등천(登天)한 효주를 보니 태호는 입가에 절로 미소가 지어졌다. 기분이 너무 좋았다. 어느새 해체된 무방비 상태의 효주를 보고 미소를 매달고 있던 태호의 시선이 이제는 더 아래로 향했다.

앙증맞은 배꼽을 지나 태호의 시선이 닿은 곳. 그곳에는 울창하지도 그렇다고 옅지도 않은 부드러운 풀밭이 전개되어 있었다. 만족한 듯 고개를 끄덕인 태호가 갑자기 엎드렸다. 그리고 그녀의 다리를 벌렸다.

나른감에 빠져 어찌해도 모를 것 같은 그녀가 반응을 보였다. 자신의 비소를 손으로 가린 것이다. 그러며 말했다.

"부끄러워요. 보지 말아요."

"괜찮아. 우린 이제 부부잖아. 매일 서로 살을 맞대고 살 건데, 이래선 어떻게 살겠어."

"그래도……."

태호는 그녀의 말을 무시하고 그녀의 엉덩이를 번쩍 들어 올렸다. 그리고 어느 순간.

"어머!"

그녀가 뾰족한 비명을 내질렀다. 그리고 말했다.

"더러워요."

"더럽긴. 내 기분이 지금 어떤지 알아. 마치 성스러운 의식을 치르는 제사장이 된 느낌이야. 그러니 당신이 얼마나 성스럽고 신성하게 느껴지겠어. 그러니 이것보다 더한 짓도 할 수 있어."

"아, 네!"

고개마저 주억거리는 그녀를 보고 희미하게 웃은 태호의 혀가 그녀의 혈(穴)을 몇 번 찌르는가 싶더니. 마치 뱀이 나위위를 기어올라 둥지의 알을 덮치듯 아주 느리게 느리게 그녀의 제일 민감한 부위를 향해 접근해 갔다.

마침내 태호의 혀가 그곳에 닿는 순간 그녀가 움찔했다. 그러나 태호는 야속하게도 하향을 거듭해 다시 처음부터 시작했다. 그렇지만 그런 행위의 회가 거듭될수록 그녀의 제일 민감한 부위에 머무는 시간이 길어졌다.

"아, 아……!"

마침내 그녀가 더 참기 힘든지 하체를 튕기듯 아래위로 움직이기 시작했다.

"아흐, 여보! 나 힘들어요."

"힘들다니?"

"더는 못 참겠어요."

"그래?"

"아후후……! 아후후……!"

연신 탄성을 지르며 하체를 요란하게 움직이는가 싶더니 이내 잔떨림을 보이며 그녀의 동체 전체가 축 늘어졌다.

그런 그녀의 모습을 태호는 가만히 올려다보았다. 평소와는 전혀 다른 느낌이었다. 물론 화장을 지워 맨얼굴인 탓도 있겠지만 꼭 그것만은 아니었다. 지금 태호의 앞에는 전혀 다른 여성이 누워 있는 것 같아 얼떨떨했던 것이다. 평소에는 이보다 더한 요조숙녀가 있을까 싶은 효주였다.

그러나 오늘은 이런 요부(妖婦)가 있을까 할 정도로 색에 민감하고, 태호의 말이 있어서인지 감창마저 뛰어나니, 태호로서는 전혀 다른 사람을 보는 느낌이었던 것이다.

아무튼 그녀가 어느 정도 체력을 회복하자 태호가 그녀에게 물었다.

"해도 돼?"

고개만 주억거리는 그녀였다. 이에 태호가 그녀의 가랑이를 벌리고 정조준하는가 싶더니 천천히 진입을 시도했다.

"악……!"

외마디 비병과 함께 그녀가 입을 딱 벌렸다. 그러자 태호는 그녀의 아픔을 감안해 계속해서 문가에서만 놀았다. 그러자 그녀의 동태가 수상해졌다. 처음에는 아파서 내지르는 신음 같더니, 어느 순간부터 신음 자체가 저음으로 돌변하며 무언가 맛을 아는 느낌이었기 때문이었다.

표정을 보니 오르가즘을 느끼기 직전의 표정인지라 고개를 끄덕인 태호가 이내 깊숙이 진군을 했다.

"악······! 아파요!"

"조금만 참아!"

달랜 태호는 그녀의 아픔을 감안해 빠른 사정을 하기 위해 용을 쓰기 시작했다. 그러던 어느 순간 웅웅거리던 그녀가 태호에게 매달려 왔다.

"여보, 나 이래도 되는 거예요? 너무 기분이 좋아요."

"알았어. 더 기분 좋게 해줄게."

이 말이 끝나자마자 태호의 진퇴가 더욱 빨라졌고 그럴수록 효주는 신음을 쏟아내며 더욱 밀착해 왔다. 마침내 토정(吐精)의 기운을 느낀 태호는 그녀를 힘주어 끌어안았다. 그리고 이내 그녀의 배 위에 엎어지듯 쓰러졌다.

"어머, 이마에 땀 좀 봐!"

효주가 태호의 머리카락을 쓸며 하는 말이었다. 그 표정이 마치 어미가 자식의 머리카락을 쓰다듬는 듯해, 또 전혀 다른 그녀의 모습을 보는 듯했다. 그런 그녀가 계속해서 태호의 머리카락을 쓸며 말했다.

"여보, 내가 전혀 다른 사람으로 느껴지지 않았어?"

"맞아. 두 사람을 데리고 사는 느낌이야."

"쳇……!"

"당신은 정말 내가 찾던 이상향 그 이상이야."

"무슨 말이야?"

"평소 내 지론이 낮에는 현모양처, 밤에는 창부(娼婦)가 될 수 있는 여자를 아내로 맞고 싶었거든. 그런데 당신은 그 기대 이상이었어."

"쳇, 좋은 거야, 나쁜 거야?"

"너무나 고맙고 감사하지. 그리고 너무 사랑스럽고."

"정말?"

"그럼!"

"고마워!"

쪽!

태호의 말에 기분이 좋은지 효주는 서슴없이 태호의 이마에 뽀뽀를 했다. 그런 그녀가 태호를 밀며 말했다.

"뭐가 자꾸 떨어진다."

"정액이겠지."

"그런가? 그러나 저러나 나 정말 이래도 되는지 모르겠네. 시집간 친구들에게 물으면 첫날밤에는 아무 재미도 못 느끼고 아프기만 하다는데 말이야."

"당신은 타고났어."

"색기를?"

"명기(名器)야, 명기."

"그래?"

"부모님께 감사하게 생각해야 돼. 어느 여인은 평생 동안 한 번도 느끼지 못하고 죽는다는 오르가즘을, 당신은 첫날밤부터 극치의 오르가즘을 맛보았으니……."

"아이고, 밤이 걱정된다."

"왜?"

"나 지금 힘이 하나도 없어."

"그렇게 나부댔으니 안 그러면 이상하지."

"쳇!"

"씻으러 가자."

"안 돼. 혼자 가. 부끄러워."

"아직도?"

"응."

"참 내!"

어이없는 표정을 짓는 태호에게 효주가 갑자기 달려들어 이마에 뽀뽀를 했다. 그리고 말했다.

"사랑해!"

"나도!"

"어머!"

말과 함께 태호가 덮치자 그녀가 비명을 질렀다.

"또 한 번 할까?"

"안 돼! 그랬다가는 거짓말이 아니라 내일 아침에는 일어나지도 못할 거야."

"하긴 오늘만 날이 아니니 내가 참지."

"잘 생각했어."

철썩!"

그녀가 태호의 등짝을 가볍게 때리며 말했다.

"얼른 가서 씻고 와."

"아니 당신이 먼저 씻고 와."

"시트도 치워야 한단 말이야."

밀과 함께 그녀가 완전히 일어나 앉는 바람에 태호 또한 덩달아 일어나게 되었다, 그리고 그녀의 하체가 있던 곳을 보는 순간 태호는 눈썹을 찡그리지 않을 수 없었다. 앵혈과 함께 이물질이 군데군데 묻어 있었기 때문이었다.

"인상이 왜 그래?"

"당신을 아프게 한 것 같아 미안해서."

"꿈보다 해몽이 좋네. 얼른 씻고 와."

"알았어."

대답과 함께 태호가 욕실로 향하자 그의 뒤태를 신기한 듯 유심히 바라보는 효주였다.

다음 날 둘은 택시를 대절해 제주 곳곳을 구경하고 다녔다. 그리고 그 이튿날은 효주의 제의에 의해 서귀포를 집중적으로 구경하기로 했다. 그녀 왈 '서귀포에 호텔을 하나 지으면 어떨까?' 해서 태호 또한 그녀의 말에 동의해 좋은 장소를 선택하기로 하고 곳곳을 살펴보기로 했다.

그러나 중문 관광단지를 생각하고 있는 태호로서는 여러 곳을 돌아볼 필요도 없었다. 중문동의 고운 모래 백사장이 있는 주변 일대를 낙점하고, 사려면 이 일대를 사야 된다고 강하게 주장했기 때문이다.

효주 또한 태호의 미래 예지능력을 깊이 신뢰하고 있기 때문에 군말 없이 수용하고 서귀포 호텔 건립 건을 심도 있게 검토하기로 했다. 그러나 문제는 일복을 타고 났는지 태호의 신혼여행은 더 이상 지속될 수가 없었다.

원래 계획은 이곳에서 4박 5일을 체류할 예정이었으나, 궁금해 걸어본 본사로의 전화 한 통화가 그의 발목을 잡은 것이다.

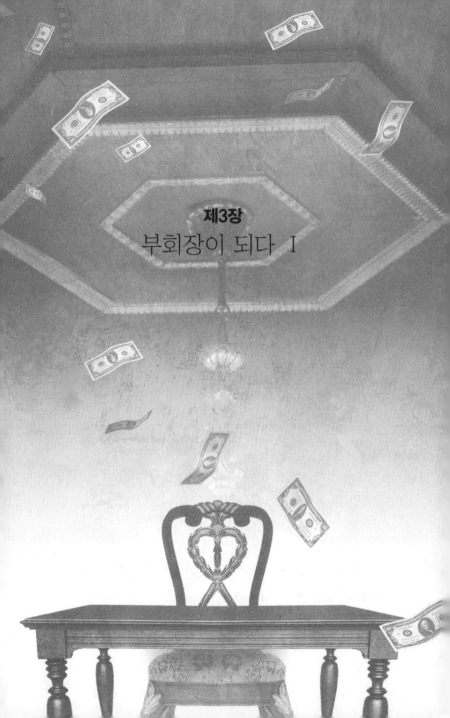

제3장
부회장이 되다 Ⅰ

이 회장에 대한 안부 전화 겸 그룹이 어떻게 돌아가고 있는 지 궁금해 전화를 걸자 이 회장이 말했다.

"반도체 협상이 어려운 모양이야. 우리가 예상치 못한 문제를 들고 나와 난항에 빠진 모양이야. 웬만하면 신혼여행 당겨서 끝내고 미국으로 한번 날아가 보는 것이 어떻겠나?"

"그것이……."

예상외의 말에 잠시 주춤했던 태호가 다시 말했다.

"효주와 상의해 가급적 그렇게 하도록 노력하겠습니다, 회장님!"

"그래. 이런 말을 하는 나도 마음 편치 않다는 것을 알고 이해해 줬으면 좋겠어."

"네, 회장님!"

서귀포에서 스위트룸으로 가던 중 잠시 프런트에 들러 건 전화였다. 태호의 통화가 끝내길 기다리고 있던 효주가 별로 밝지 못한 그의 표정을 보고 물었다.

"무슨 좋지 않은 내용이에요? 표정이 어둡네요."

"반도체 협상이 교착상태에 빠진 모양이야. 그래서 회장님께서는 내가 직접 미국으로 날아가 협상에 임하면 어떨까 하시더라고."

"지금 당장요?"

"응."

"참 나! 생애 한 번뿐이 없는 신혼여행인데 그새를 못 참고 또 부려먹으려고 덤비니 해도 해도 너무하네요. 그래서 뭐라고 그랬어요?"

"당신과 상의해 답변드린다고 했지."

"딱 잘라 거절하지. 왜 나까지 끌어들여요?"

"이게 단순히 몇 억짜리 협상만 같았어도 나는 거절했을 거야. 그런데 협상 금액이 최소 400억 원이 왔다 갔다 하니 그럴 수가 없었어."

"무슨 금액이 그렇게 커요?"

"반도체라는 분야가 본디 그래. 엄청난 자금이 동원되어야 하는 사업이라고."

"잘못되면 큰일 나겠네요."

"그러니 나도 차마 거절하지 못한 거야."

"에고, 그럼, 우리의 신혼여행은 접어야 하는 건가요?"

"아, 좋은 수가 있다."

"어서 말해 봐요."

효주가 채근하자 놀리듯 잠시 조금 더 뜸을 들이던 태호는 그녀의 성화에 못 이기는 척 답했다.

"출장길에 당신을 동행시키는 거야. 그럼, 신혼여행의 연장 아니겠어?"

"아빠가 허락하실까요?"

"미안해서도 허락하지 않겠어?"

"그럼, 어서 전화 걸어봐요."

"알았어."

곧 태호는 프런트 안으로 들어가 양해를 구하고 이 회장에게 다시 전화를 걸었다. 비서실이었다.

"나 김태호입니다. 회장님 좀 바꿔줘요."

"네, 잠시 기다리세요."

"네."

비서의 말대로 잠시 기다리고 있으니 전화기 저편에서 이 회장의 목소리가 들려왔다.

"날세."

"출장을 가겠습니다. 그런데 효주랑 같이 가면 안 될까요?"

"허, 거참……!"

난처한 듯 잠시 생각하던 이 회장이 답했다.

"같이 가되, 좋은 결과를 만들어와야 돼."

"물론이죠."

"내 급행료를 지불하는 한이 있더라도 오늘 내로 둘의 여권을 만들어놓으라 할 테니, 오늘은 푹 쉬고 내일 첫 비행기로 올라오는 것으로 하지."

"윤정민 경호과장의 여권도 함께 만들어주시죠? 통역 겸 데리고 가게."

"알겠네. 나도 웬만하면 둘의 신혼여행을 방해하고 싶지 않으나, 사정이 그러니 자네가 양해하고 오늘만이라도 좋은 시간 보내시게."

"네, 장인어른!"

"효주 옆에 있나?"

"네. 바꿔 드릴까요?"

"됐어. 출가외인이라는 말이 실감나는군. 아비어미한테 전화 한 통화라도 하면 어디 손가락이라도 부러지는지, 에이……!"

그 길로 전화가 뚝 끊겼다.

씁쓸함을 물고 태호가 프런트에서 나오자 효주가 달려와 물었다.

"표정이 왜 또 그래요?"

"전화 한 통 없다고 회장님께서 많이 서운해하셔."

"쳇! 어린애야, 뭐야!"

"부모 마음은 그게 아니니까."

"당신은 부모님께 전화드렸어요?"

"그러고 보니 나도 못 했는데?"

"피장파장이면서 뭘 그러세요?"

"하하하! 그런가?"

"미국 출장 건은 어떻게 됐어요?"

"허락하셨어. 오늘 중에 여권 마련해 놓는다고 오늘은 푹 쉬고 내일 첫 비행기로 올라오라는데."

"그럼, 비행기 표부터 예매해 놔야겠네요."

"그래야겠지."

곧 태호는 효주까지 프런트 안으로 데리고 들어가 먼저 비행기 표 예매를 부탁했다. 이 KAL호텔은 대한항공과 같은 계열사인 한일개발에서 소유하고 있으므로 그만큼 예약이 쉬웠다.

아무튼 예매가 진행되는 동안 태호는 먼저 고향 집에 전화를 걸었다. 그러나 집에는 할머니만 계셔 할머니만 통화를 하고 끝내며, 효주도 바꿔주어 할머니로부터 많은 점수를 땄다.

이어 효주가 친정 엄마는 물론 이 회장과 차례로 통화를 하는 동안 예매도 끝나 둘은 다정히 손잡고 프런트를 나올 수 있었다.

*　　　*　　　*

이 회장이야 당장 여권을 당일 다 만들 수 있을 것처럼 말했지만 급행료를 주고 정보부장까지 동원해서야 겨우 그 이튿날 오전 그러니까 태호 부부가 서울에 도착하고 나서야 여권 세 개가 다 만들어졌다.

그러는 동안 잠시 자신들 신혼집에서 쉰 둘은 오후 2시 비행기가 예약되었다는 말에 서둘러 윤정민 과장과 함께 공항으로 갔다. 무난히 LA행 비행기 오른 셋은 이륙 10시간 만에 LA국제공항에 도착했다.

가서 보니 16시간의 시차 관계로 이곳은 아침 8시밖에 되지 않았다. 곧 셋은 다시 샌프란시스코 비행기를 예매해 탔고, 1시간 30분 만에 셋은 샌프란시스코 국제공항에 내릴 수 있었다.

그곳에는 사전에 연락이 되어 김재익 사장이 마중을 나와

있었다. 곧 이들은 김 사장이 가져온 차를 타고 산타클라라

카운티(Santa Clara County)로 이동을 했다.

산타클라라까지는 30마일 정도 되었으므로 가는데 오랜

시간이 걸리지 않았다. 그런데 문제는 김 사장이 일행을 데리

고 도착한 곳이었다. 허름한 창고 건물 같은 곳에 차를 멈춰

세운 것이다. 의아한 생각이 든 태호가 물었다.

"왜 이곳에서 차를 세웁니까?"

"이곳이 우리의 연구소요."

"네? 아니, 이런 곳을 연구소로 사용한다는 말입니까?"

"외관은 그렇지만 개조해서 내부는 제법 쓸 만하다오."

"그래도 그렇지 이건 아닌 것 같습니다. 최고를 지향하고자

하는데 이런 모습을 보면 누가 연구원으로 오려 하겠습니까."

"실질적 대우가 중요한 것 아니겠소?"

"그래도 이건 아닌 것 같습니다. 보기 좋은 떡이 먹기도 좋

다고, 기왕이면 번듯한 외관과 편안한 시설에서 연구를 해야

성과도 나오지 않겠습니까? 가급적 가족과 함께할 수 있는 연

구소라면 더 좋겠습니다. 이혼율이 제일 높은 직종이 연구원

들이라지 않습니까?"

"하하하! 나도 그렇게 생각하오."

"그런데 왜……?"

"이곳은 임시 연구소요. 이곳이 전에는 과수원이나 목장 등

이 많은 골짜기였는데, 실리콘밸리라는 명칭이 붙고부터는 땅값이 어마어마하게 뛰었소. 매물도 별로 없고. 그래도 구하고는 있으나 쉽지 않아 우선 이렇게라도 시작을 한 것이오."

태호가 알겠다는 듯 고개를 끄덕이자 김 사장은 일행을 데리고 안으로 들어갔다. 안에 들어서니 중앙 통로를 중심으로 양쪽에 칸막이가 쳐져 있는 방이 죽 연결된 구조가 나타났다. 그 중앙에 위치한 방으로 김 사장은 일행을 안내했다.

안에 들어서니 집무용 책상과 책장, 소파, 간단한 비품 외에도 간이침대가 놓여 있었다.

"내 집무실 겸 숙소요."

"이곳에서 주무시기까지 합니까?"

"올 때마다 매번 호텔에만 머물 수만은 없잖소?"

"고생이 많으십니다."

"자, 앉읍시다."

"네."

"차 한잔 부탁해도 될까요? 제수씨! 식장에도 못 간 놈이 이런 심부름만 시켜 미안합니다만."

"아, 네!"

효주가 대답하고 몇 발짝 움직이기도 전에 윤정민 경호과장이 나섰다.

"제가 타오겠습니다."

"아니에요."

이렇게 되니 커피 몇 잔 타오는데 두 사람이 움직이게 되었다. 두 사람이 자리를 떠나자 태호가 입을 떼었다.

"회장님께 대충 듣기는 했습니다만, 정확히 어떻게 된 내용입니까?"

"흐흠……!"

침음하며 생각을 정리한 김 사장이 입을 열었다.

"한마디로 반도체도 그들의 하청 업체가 되어달라는 요구요. 합작을 하려면 우리보고도 10억 불을 투자하라는 이야기요."

"10억 불이면 현 환율로 환산하면 8천억 원이라는 어마어마한 금액 아닙니까?"

"우리 그룹을 자세히 조사해 보고 그만한 여력이 없다고 판단하고 내지르는 것 같소."

"나는 5억 달러 정도를 생각하고, 그 정도 금액이면 이리 저리 융통하면 되겠다 싶어 결정한 것인데… 5억 달러를 출자한다고 해보지는 않았습니까?"

"왜, 안 했겠소. 그래도 그들은 최소 10억 달러는 투자해야 합작을 하지 그 전에는 말도 꺼내지 말라고 합디다."

"이렇게 된 것 합작은 포기하죠."

"뭐라고? 이제 와서 그러면 연구소는 뭐고 그간 들인 우리의 노력은 어찌 되는 것이오?"

"그들의 요구대로 하청이나 하는 것이죠."

"그건 우리의 꿈이 아니잖소."

"제 생각이 좀 짧았던 것 같습니다. 이병철 회장을 잘 아는 정주영 회장이 삼성이 반도체를 시작한다니, 검토할 것도 없다며 현대도 금년 2월 반도체사업에 뛰어들었지 않았습니까?"

"하하하! 이 회장의 꼼꼼한 성격에 비추어 수년 전부터 타당성 검토를 철저히 했을 것인즉 내부 검토는 필요 없다 한 것 아니오?"

"그렇습니다. 이 반도체산업이야말로 그야말로 규모의 경제라, 강자만이 살아남는 정글의 법칙이 그대로 적용되는 곳인데, 실탄도 충분히 준비하지 못하고 뛰어들었다가 실족하기보단 우리는 연구에 주력하는 것으로 하죠."

"연구는 무슨 연구. 반도체사업은 하지도 않는다면서."

손바닥 뒤집듯 하는 태호의 결정에 불만을 품은 듯 불퉁거리는 김 사장의 언사에도 불구하고 빙긋 미소까지 지은 태호가 말했다.

"저들의 요구대로 OEM 방식으로 생산하니 그것도 반도체사업은 사업이죠."

"그게 무슨 사업이요. 그야말로 인건비 따먹기지."

"바로 그겁니다."

태호의 말을 이해 못 하겠는지 김 사장이 의아한 표정으로 바라보자 태호가 곧 답변을 했다.

"대부분 후발국 산업이 그렇듯 선진국의 하청 업체에서 시작해, 직원들이 기술을 익히면 독자 기술 몇 개 개발해 독립하고 그렇듯, 우리도 똑같은 길을 걸으면 위험부담이 훨씬 덜하지 않겠습니까?"

"그렇다면 진즉 그렇게 결정을 내릴 것이지……."

볼이 부은 김 사장의 발언에도 시종 태연한 표정의 태호가 무슨 생각을 하는지 잠시 허공을 바라보았다.

그의 머릿속에는 지금 대우의 사례가 떠오르고 있었다. 대우와 북한은 남포에 합작 공장을 운영한 바 있었다. 대우가 모든 것을 대고 북한은 인력만 제공하는 방식이었다.

그런데 결론적으로 대우는 끝내 이 사업에서 손을 떼지 않을 수 없었다. 물론 남북한의 특수 상황 때문에 정치적 영향을 받은 것도 있지만, 그보다 대우의 수뇌부를 못 견디게 하는 북한의 행태가 있었다.

즉, 그들이 제공한 초보들을 가르쳐 일정 정도의 시간이 지나 그들이 기술을 익히면, 어느 날 그들은 출근하지 않고 신입이 대거 투입되는 것이었다. 이에 대우 측에서 강력하게 항의해도 그들은 같은 짓을 반복했다.

그러니까 그들은 기술을 익힌 숙련공들을 다른 유사 업종에 진출시켜 자신들의 사업에 득을 보고, 대우는 그야말로 매해 초보들만 데리고 운영하니 생산성이 오를 턱이 없었다. 이것이야말로 대우가 정치적 풍향을 떠나 철수하게 된 근본 원인이었다.

태호는 지금 이 방식을 인텔을 상대로 그대로 적용하려는 것이다. 그렇지만 이 방식까지 본디 관료 출신인 그에게 얘기하기는 너무 야비한 것 같아 망설이고 있는 것이다.

이때 마침 차가 나왔다. 이에 태호가 커피 잔을 들며 물었다.

"저들이 우리를 하청기지로 삼는다는 것은 더는 일본 업체와 붙어 승산이 없다고 보고, 그냥 철수하기는 아까우니까 당분간 이 사업을 지속하는 형태가 되는 것 아닙니까?"

"내 생각도 그렇소."

"하면 그들의 연구 인력을 어떻게 조치할지에 대해 들으신 것이 있습니까?"

"듣기보다는 상식적 판단으로 다른 분야로 전용하거나 대량 해고하지 않겠소?"

"만약 사장님들의 판단대로 인텔 측이 그런 계획을 갖고 있다면 우리 측에서 연구 인력만 흡수하는 것은 어떻습니까? 그래서 보다 빠른 기술 진보를 이루고 그걸 그들의 산업 현장에

적용하면 서로 윈윈 아닙니까?"

"우리에게 뭔 이득이 있소? 연구 성과를 그들에게 바치는 외에는."

"당연히 일정 지분을 달라고 해야지요. 또 그때는 우리 그룹의 사세가 더욱 확장되어 있을 것이니, 합작 형태가 충분히 가능하지 않겠습니까?"

"그래도 독립은 요원하군."

"그때 가서 우리의 애초 계획대로 하면 종당에는 우리 것이 되지 않겠습니까?"

"너무 먼 길을 돌아가는 것 같소. 하고 우리가 애초에 너무 허망한 꿈을 꾸었던 것 같소. 작년 우리나라의 총 예산이 22억 달러인데, 저들은 일개 기업이 10억 달러는 가볍게 여기니. 참으로……."

말을 마치지도 않고 고개를 가로젓는 김 사장이었다. 그러나 태호는 여전히 여유를 잃지 않았다.

"최후에 웃는 자가 진정한 승자 아니겠습니까? 너무 낙심 마십시오."

"……."

그래도 김 사장은 여전히 허탈한 표정이었다. 그런 그를 달래 점심 식사를 마친 태호는 잠시 휴식을 취한 후, 오후 1시가 되자 김 사장과 함께 인텔 본사를 찾아갔다. 그리고 그들과 협상에 임했다. 그쪽도 회장 고든 무어와 사장 앤디 그로브 둘만 참석한 상태였다.

태호가 먼저 입을 열었다. 이를 김재익이 통역했다.

"합작을 하려면 우리보고 10억을 투자하라고요? 아니면 하청이나 하라는 요구죠? 반도체, 컴퓨터 모두?"

"그렇소."

사장 앤디 그로브가 냉담하게 답했다.

"한국에 하청기지를 건설한다는 것은 이 분야를 인텔에서는 더 이상 주력 업종으로 삼지 않겠다는 뜻 아닙니까?"

"전혀 그렇지 않소. 경쟁력이 있다면 철수할 이유가 없는 것이죠. 따라서 일본과의 게임도 이제부터라고 생각하고 있소.

앤디 그로브의 답변에 태호가 되물었다.

"하면 연구 인력도 계속 유지하여 더 높은 단계의 기술을 개발한다는 뜻입니까?"

"보강을 계획 중이오."

'이런 니미럴. 이놈들이 우릴 놀리는 건가? 아니면 실제 그렇게 하려고 하는 건가?'

태호로서는 자신의 예상과 전혀 다른 일이 계속 벌어지자, 내심 욕설을 퍼부으면서도 그들의 진의를 탐색하기 위해 또다시 질문을 던졌다.

"하면 연구 인력을 더 보강해 일본과 계속 경쟁을 하겠다는 말이죠?"

"그렇소."

그로브의 대답에 이어 회장 고든 무어가 그의 말을 뒷받침했다.

"틀림없이 그렇게 결정했소."

"하면 우리는 인건비나 따먹으란 말입니까?"

"그렇게 하면 우리가 한국에서 사업을 영위하는 데 지장이 많을 것 같소. 따라서 우리가 우선 10억 달러를 투자할 테니, 귀측에서는 1억 달러를 투자하시오. 하면 10%의 지분을 드리겠소. 이것이 우리의 최선이자, 최후의 안이오."

고든 무어의 말에 태호의 머릿속에는 1억 달러면 우리나라 돈으로 얼마인가부터 계산을 하고 있었다. 물경 800억 원. 솔직히 이 돈도 그룹의 잉여 자금을 거의 다 투자해야 되는 어마어마한 액수였다. 그렇지만 오기가 생겨 입술을 질겅질겅 씹던 태호가 답했다.

"아니오. 우리에게는 그 돈도 큰 부담이오. 따라서 그 1/10인 1천만 달러만 투자하겠소."

의외의 답이었던지 그로브와 무어가 서로 마주보았다. 두 사람의 표정에는 숨길 수 없는 의문을 띠고. 이는 김 사장도 마찬가지인 표정이었다. 그래도 태호는 이를 무시하고 말했다.

"우리 속담에 모 아니면 도라는 말이 있소. 따라서 우리가 애초 경영권을 가지려는 구상을 실현시키지 못할 바에는, 차라리 순수한 하청에만 머물고 그 돈으로 우리는 다른 사업에 투자하려 하오. 그 대신 1천만 달러의 투자는 귀측에서 우리를 사시의 눈으로 볼까 봐 하는 것이니, 더는 의심하지 마시기 바랍니다."

"흐흠……! 그 말 진심이오?"

"그렇습니다."

"좋소! 당신의 말대로 합시다."

"김 사장!"

일이 엉뚱하게 진행되자 노여움을 토해내는 김재익이 태호를 부르는 소리였다. 적전 분열이었다. 이를 본 그로브가 말했다.

"아직 시간은 충분히 있으니 두 분이 충분히 토의하고 최종 계약은 다음에 하는 것으로 합시다."

"좋습니다."

김재익이 선수 쳐 답하고 먼저 자리에서 벌떡 일어섰다. 태호도 그를 따라 일어섰다. 그리고 예의상 둘에게 목례를 건네고 회장실을 벗어났다. 밖으로 나오자마자 김재익이 여전히 흥분된 목소리로 말했다.

"지금 장난치는 것이오?"

"그게 아닙니다. 저도 오기가 생겨서 그랬습니다. 자세한 이야기는 차 안에서 하시지요."

일단 그를 달랜 태호는 차에 오르자마자 자신의 생각을 말하기 시작했다.

"연구 인력도 안 된다. 기껏 생색내기로 10%의 지분을 주겠다니 오기가 생기더란 말입니다. 내 너희들을 짓밟고 반드시 승자가 되겠다는 오기 말입니다."

"그것이 정확한 진단이고 우리의 현실인데 무슨 오기요?"

"일단 제 계획을 들어보십시오."

이렇게 운을 뗀 태호가 말했다.

"현재 반도체 최고의 기술은 256K DRAM 아닙니까? 그러니까 우리는 아예 1M DRAM을 개발하는 것입니다."

"무슨 수로?"

"저는 한국의 뛰어난 인재들이 미국 내 곳곳에 많이 숨어 있다고 봅니다. 삼성이 이 분야에서 30여 명을 스카웃해 작년에 64K DRAM을 개발해 내 세계를 깜짝 놀라게 한 것은 사장님도 잘 아시지 않습니까?"

"그래서 우리도 그와 같은 방식으로 아예 1M DRAM을 개발하자?"

"그렇습니다. 그래서 진대제와 황창규 등을 미리 포섭한 것 아닙니까? 게다가 우리에게는 저들이 제공할 숙련공이 있습니다. 그렇게 되면 우리 독자적으로 반도체 공장을 세워 세계

제패에 나서 보는 것입니다."

"그 말을 들으니 생각나는 것이 있는데, 어떻게 알았는지 내 후배인 스탠퍼드대 박사과정을 밟는 권오현이라는 사람이 찾아와 입사할 수 없느냐고 타진하고 간 적이 있네."

"잡았습니까?"

"일단은 박사 학위를 딴 후 찾아오라고 했지."

"꼭 잡아야 합니다. 뛰어난 인재입니다."

"그래?"

원역사에서 진대제가 16M DRAM을 개발했다면 권오현이 64M DRAM을 황창규가 256M DRAM을 개발하게 되는데, 그가 제 발로 찾아온 것은 물론 아직 박사과정에 김 사장의 후배라는 사실, 이 모든 것이 한꺼번에 떠오르며 태호는 하늘이 돕는다는 생각을 하며 큰 소리로 말했다.

"갑시다!"

"어딜!"

"권오현이 잡으러요."

"정말 인재라 생각하는가?"

"네!"

"자네의 예지능력을 믿으니 가긴 가네만, 이거 갑자기 뭔가에 홀린 느낌이네."

곧 차는 스탠퍼드 대학을 향해 달리기 시작했다.

　　　　*　　　　　*　　　　　*

　사람이 뜻한 대로 모든 것이 이루어진다면 성공 못 할 사람
이 없고, 부자 아닌 사람이 없을 것이다. 당연히 망할 기업은
더더욱 없을 것이고. 이와 같이 매사 뜻대로 안 되는 것이 대
부분 사람들의 인생이고 보면, 태호 또한 유독 반도체 부분에
서만은 이 범주를 벗어나지 못하고 많은 시행착오를 겪고 있
었다.

　어찌 되었든 김 사장과 권오현을 찾아간 태호는 그 자리에
서 남은 박사과정의 학비를 전액 보조하는 것은 물론 살림에
보태 쓰라고 매달 100만 원의 용돈도 지급하겠다고 선언했다.

　이에 깜짝 놀란 그가 무어라 말하기도 전에 태호는 단서 조
항을 달았다. 박사 학위를 따는 즉시 삼원그룹의 정보통신 종
합연구소에 입사해야 한다고. 이에 권오현은 그 자리에서 바
로 승낙했다. 취직하고 싶어 제 발로 찾아오기까지 한 사람인
데 거절할 턱이 없었던 것이다.

　아무튼 이 외에도 태호가 제시한 조건대로 1천만 달러를
투자하고 1%의 지분을 갖는 조건으로 인텔은 한국에 10억 달
러를 투자해 반도체 공장을 짓기로 했다. 이로써 태호는 당장
눈에 띄는 두 가지의 이득을 보았다.

그 공장을 삼원건설이 건설하기로 구두계약을 한 사실이고, 엄연히 10억 달러에 1천만 달러의 투자는 1/101로 실제는 1%도 못 미치는 투자였지만, 그들의 약간의 선의에 힘입어 1%의 지분을 획득하게 되었다는 사실이었다.

이렇게 모든 것이 결정되자 태호는 김 사장과 머리를 맞대고 보다 상세한 계획을 세웠다. 5년 내 16M DRAM 개발을 목표로 잡고 계획을 세운 것이다. 그렇게 하기 위해서는 그 무엇보다 유능한 인력 확보가 선결 과제라 보고, 태호는 그와의 협의가 끝나자마자 당장 정보이사가 된 정태화를 현지로 불러들였다.

그리고 태호는 미국 내 전 정보원을 동원해 컴퓨터, 휴대폰, 반도체 등을 연구하고 있는 한국 출신 인재를 모두 찾아내 포섭하라는 지시를 내렸다. 그 수가 몇백 명이 되어도 좋으니 입사하겠다는 사람은 모두 받아들이라는 지시와 함께.

이런 와중에도 태호는 효주를 배려하지 않을 수 없어, 산타클라라 소재 놀이공원도 함께 가고 주변을 관광하는 등 신경을 썼다. 그리고 태호가 귀국한 것은 한국을 떠난 지 장장 1주일 만이었다.

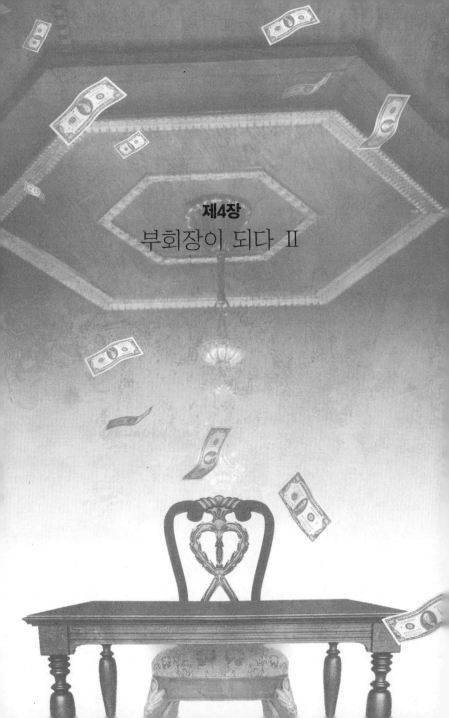

제4장
부회장이 되다 Ⅱ

돌아와 신혼집에 여장을 푼 그날 저녁 태호는 효주의 제의에 의해 친정 나들이를 해야 했다. 아니래도 이 회장에게 보고할 게 많아 가야 했던 참이라 태호는 순순히 승낙했다.

　　이 회장 집에 가니 사전에 효주가 전화를 했던지 풍성한 저녁이 준비되어 있었다. 식사를 마치자마자 태호는 금번에 행한 일을 상세히 보고했다. 물론 중요한 일은 중간에 전화로 승낙을 득한 뒤에 행한 일이므로 대충은 이 회장도 알고 있는 내용이었지만, 전화상으로 할 수 없는 이야기까지 하며 많은 이야기를 나누었다.

그동안 효주는 그녀가 사온 선물을 가정부에게까지 전하고 박 여사와 이야기꽃을 피웠다. 그리고 보면 효주도 결혼 후 조금은 변한 것 같다. 전과 같았으면 모녀 지간에 그렇게 많은 대화를 나누지 않았을 것이 분명한데, 오늘은 많은 이야기를 나눈 까닭이었다.

그리고 이틀이 지나 토요일이 되자 이번에는 태호의 요구로 둘은 고향 집을 향하게 되었다. 원래는 진즉 시댁 나들이를 했어야 했으나 사업 관계로 지연이 된 것이다.

아무튼 태호는 고향 부근에 오자 할아버지 산소부터 찾았다. 동네 멀지 않은 높지 않은 산에 위치해 있었으므로, 그곳에서 인사를 드린 둘은 곧 고향 집으로 향했다.

이곳도 전날 전화를 드려서인지 많은 음식이 준비되어 있었다. 그래서 둘은 가자마자 저녁참 무렵이지만 할머니와 부모님의 성화로, 배가 불러도 억지로라도 더 먹어야 했다. 음식을 들기 전 효주가 준비한 각자의 선물도 드렸음은 물론이었다.

이렇게 효주가 진정 한 사람의 아낙으로서 새 출발을 한 오월이 저무는가 싶더니 세월은 빠르게 흐르기 시작했다. 인텔이 계약대로 10억 달러를 투자해 반도체와 컴퓨터 공장을 삼원건설이 맡아 짓고 있는 가운데, 어느덧 거리는 세모의 흥청거림으로 휘황할 때였다.

갑자기 태호에게 국내에 머물고 있던 김재익 사장으로부터 한 통의 전화가 걸려왔다. 아무래도 심상치 않다는 내용과 함께. 이에 태호가 퇴근을 서둘러 그를 자신의 집에 초대했다.

그리고 마주 앉아 그가 입을 열고 한마디 하는 순간 태호는 '올 것이 왔구나!' 하는 느낌과 함께 머릿속으로는 분주한 계산을 하게 되었다.

"내가 경제기획원에 있을 때부터 친한 친구가 있었어. 지금은 제일은행장이 된 황선필이 그 친구야. 그 친구의 말에 따르면 국제그룹에서 교환, 회부되어 온 어음을 일방적으로 부도 처리 했다는구먼. 국제그룹과는 아무런 사전 협의도 없이 일방적으로 말이야. 완전히 업계의 관행을 무시한 처사지."

"그래서 국제그룹이 부도가 났단 말입니까?"

"그렇지."

"제일은행장 독단으로 그런 일을 벌일 수는 없을 텐데요?"

"당연하지. 그 친구의 말에 따르면 재무부 장관의 지시가 있었다는 거야."

"재무부 장관 역시 독단으로 우리나라 7대 그룹의 하나를 일방적으로 부도 처리 할 수 없었을 것이니, 거기에는 분명 최고위층의 의사가 반영되었다고 보아야겠네요."

"내 생각도 그래."

쓰게 웃던 김 사장이 태호에게 물었다.

"술 없나?"

"왜 없겠습니까? 한잔하시겠습니까?"

"오늘 같은 날은 술을 잘 못 마시긴 하지만 한잔하고 싶군."

이렇게 말한 뒤 김 사장은 천장을 보고 중얼거렸다.

"아무리 막강한 권력이지만 민간 영역까지 관여해 이런 일을 벌인다면 그 끝이 좋지 않을 텐데……."

"제 생각도 동일합니다."

말과 함께 자리에서 일어난 태호는 주방으로 가 가정부에게 술상을 좀 봐오도록 했다. 그리고 태호는 김 사장이 오자 잠시 인사만 하고 방에 들어가 있는 효주에게 들러 함께 거들어 빨리 주안상을 내오도록 했다. 그리고 태호가 자리에 돌아와 앉으니 김 사장이 말했다.

"소문을 들으니 평소부터 양 사장이 찍혔었더군."

"……."

태호가 아무 말 없이 그의 얼굴만 바라보고 있자, 그가 말을 이었다.

"영부인이 운영하는 새 마음 심장재단에도 다른 대기업들이 300억 원을 낼 동안 한 푼도 내지 않았다는 거야. 여타 일해재단의 성금도 다른 기업의 절반 정도만 내고, 그것도 3개월짜리 어음으로 내는 등 꼬장꼬장하게 굴었던 것이 최고위층의 노여움을 산 것 같아."

"회장님께 들은 이야기입니다만, 지난 10월 대통령 주재 만찬이 있다 해서 가보니, 모인 면면이 모두 10대 그룹 회장들인데 자신만 유일하게 초대가 되었다더군요. 그것도 바로 대통령 옆자리에. 그런데 대통령의 환대는 여기서 그치지 않았답니다. 회장님을 자리에서 일으켜 세우더니 '이 회장이 거느린 삼원그룹이 여러분보다 작을지 몰라도 성금은 누구보다 많이 냈습니다. 훌륭한 기업인이지요. 그래서 내가 이 자리에 오늘 특별히 초대를 한 것이죠' 라고 하신 겁니다. 그런데 하필 이 날 국제그룹 양 회장은 지각을 했답니다. 그래서 대통령으로부터 호된 질책을 받았다는 말을 들은 기억이 있습니다."

"이래저래 찍혔구먼."

"그렇습니다."

이때 효주와 가정부가 함께 술상을 내왔다. 가정부가 주안상을 들고 효주는 양주 한 병을 든 채였다.

"갑자기 준비하는 바람에 안주가 부실합니다만, 부족하시면 언제든지 말씀하십시오. 다시 차리도록 하겠습니다."

"괜히 찾아와 제수씨에게 폐만 끼칩니다."

"별말씀을요."

효주가 인사를 하고 사라지자 이때부터 둘은 이런저런 이야기를 하며 꽤 오랫동안 술잔을 비웠다.

*   *   *

다음 날 새벽 5시 30분.

겨울이라 먹물같이 어두운 밤이었지만 태호가 이 회장 집을 찾으니, 이 회장은 가로등 불빛에 의지해 평소와 다름없이 정원에서 아침 산책을 하고 있었다.

"편안히 주무셨습니까? 장인어른!"

"아니, 새벽부터 자네가 웬일인가?"

"드릴 말씀이 있어서 찾아뵈었습니다."

"그래? 할 말 있으면 뭐든지 해보시게."

"어제 국제그룹이 부도를 낸 사실은 아십니까?"

"지금 처음 듣네. 요즘 너무 피곤해 집에 돌아오면 자기 바쁘니, 원."

그의 평소 습관상 아직 조간신문도 읽지 않았을 것은 자명한 일. 그래서 태호가 말했다.

"교환 회부되어 온 어음을 국제그룹에는 일언반구도 없이 제일은행장이 일방적으로 부도 처리 했다는군요."

"무슨 그런 몰상식한 일이 있어. 최소한 그룹 총수에게는 알려 손을 쓸 수 있게끔은 해주어야 할 것 아니야? 그리고 주거래은행 정도 되면 일단 그룹이 어려우면 3일 정도는 자신들이 막아주고, 그래도 못 막으면 최종 부도 처리 하는 것이 업계 관행인데, 이건 완전히 미친놈들이군. 아이고, 혈압이야!"

말을 하다 보니 스스로 감정이 격앙되어 끝내는 뒷목을 잡는 이 회장을 보고 태호가 곁으로 달려가 물었다.

"괜찮습니까? 회장님!"

"응. 괜찮아! 남 일에 내가 너무 흥분했군. 따지고 보면 남 일도 아니지. 만약 우리 그룹이 그런 일을 당했다면 나는 견디지 못하고 벌써 쓰러졌을 거야."

여기까지 말하고 이 회장이 갑자기 대소를 터뜨렸다.

"하하하!"

태호가 영문을 몰라 그를 빤히 바라보는데 이 회장이 말했다.

"확실히 내가 사위 하나는 잘 얻었어. 이런 일이 있을 줄 미리 예견하고, 이 정권 들어서자마자 성금을 많이 내라 한 것이고만."

"네, 장인어른!"

"하하하! 참으로 자네의 선견지명이 아니었다면 우리 그룹은 아마 지금의 국제그룹 꼴 나지 않았을까 싶은데. 내 평소양 회장을 존경해 왔던 사람이야. 다른 대기업 집단과는 달리 국제그룹의 양 회장은 저 먼 부산에서 거의 중앙 정계 도움 없이 오늘날 사세를 7대 그룹까지 키운 사람이거든. 나 또한 정권에 아부하는 걸 별로 좋아하지 않아 전에는 소원했는데, 자네의 충언에 귀 기울인 결과 오늘날 우리 그룹이 살아남을 수 있게 되었군."

"……"

이 회장의 말에도 태호가 빙그레 미소만 띤 채 말이 없자 그가 태호에게 물었다.

"앞으로 어떻게 될 것 같은가?"

"기왕 칼을 빼들었으니 국제그룹은 해체 수순을 밟겠지요."

"하면 그가 영위해 오던 기업은?"

"그것이 문제인데……"

잠시 생각하던 태호가 재차 입을 열었다.

"아마 논공행상이 있을 것으로 사료되어집니다."

"논공행상?"

"네. 한 기업에 몰아주기에는 너무 덩치가 크니, 여러 그룹 집단에 쪼개줄 겁니다. 그땐 지금까지 우리 그룹이 낸 성금이 빛을 발해, 우리 그룹도 한몫 차지하지 않을까요?"

"그래?"

태호의 말에 반색했던 이 회장의 표정이 급격히 어두워지며 중얼거리듯 말했다.

"남은 비통해 죽을 지경인데, 마냥 좋아할 수만도 없는 노릇이군."

그런 그에게 위로의 말을 하듯 태호가 말했다.

"어찌 되었든 기업은 살고 봐야 합니다."

"맞아! 자네 때문에 우리 그룹이 살아남은 것은 물론 잘하면 수혜도 입게 생겼으니, 다 우리 집안의 복덩이인 자네 덕분이야. 내 이 은공 잊지 않음세."

"별말씀을요. 말이 나왔으니 말이지만 만약 회장님보고 국제그룹의 몇몇 기업을 고르라면 무엇을 고르시겠습니까?"

"글쎄……!"

고개를 갸우뚱하며 생각에 잠겼던 이 회장이 결국 태호에게 물었다.

"어느 업종이 좋을까? 신발?"

이 당시 국제그룹이 생산하던 '프로펙스' 운동화는 미국에 수출되는 것은 물론, 학생들 모두가 신기를 소원하던 유명 상표였다. 그래서 그런지 이 회장은 당시의 랜드마크 중 하나였던 국제빌딩과 신발을 대뜸 입에 올리는 것이었다.

"제가 볼 때는 다 아닌 것 같습니다."

"왜?"

"우리 그룹이 앞으로도 계속 크려면 종합상사 지정을 받아야 되는데, 이번 기회에 그걸 획득했으면 좋겠습니다."

"국제상사?"

"네."

국제상사는 75년에 이미 종합상사로 지정되었으나 현대도 지정을 못 받던 시절이었다.

"흐흠……!"

"더 기회가 주어진다면 해외 건설 면허가 있는 국제건설이 좋겠습니다."

"비록 요즈음은 주가가 죽을 쑤고 있지만 증권은 어떻겠나? 아니면 해운이나?"

"금융도 있으면 좋긴 합니다만, 그것 또한 유망 분야이니, 아마 한 그룹에 몰아주지는 않을 겁니다."

"그렇겠군."

고개를 끄덕이던 이 회장이 말했다.

"떡 줄 사람은 생각도 않는데 우리끼리 먼저 김칫국부터 마시고 있을 필요는 없겠지."

"미리미리 대비하고 있어 나쁠 것은 없을 것 같아 드린 말씀이었습니다."

"알아, 알아! 오늘은 모처럼 아침 식사나 같이하자고."

"네, 장인어른!"

태호가 동의하는데 이 회장이 뜬금없이 물었다.

"아직 애 소식은 없나?"

"네, 아직. 사실 피임을 하고 있습니다."

"뭐야? 피임은 무슨 얼어 죽을 피임. 얼른얼른 낳고 치워야지. 요즈음은 많이 낳는 시대도 아니잖아?"

급흥분하는 이 회장을 보자 태호 또한 죄송스러운 표정으로 말했다.

"집사람이 좀 더 호텔과 백화점을 키워놓고 애를 갖고 싶다고 해서……."

"내 이놈을 당장… 가서 당장 전화해! 건너오라고."

"제가 잘 설득해 보겠습니다."

"애도 젊어서 가져야지. 나이 들면 모든 것이 어려워지는 법이야."

"알겠습니다. 잘 설득해 보겠습니다."

"꼭 그렇게 하도록 해. 사돈 양반들도 얼마나 손자를 보고 싶으시겠어. 에이, 쯧쯧쯧……! 철딱서니 없는 것 같으니."

그길로 이 회장은 횡하니 집 안으로 들어가 버렸다.

*　　　*　　　*

그로부터 3일이 지난 12월 30일.

이 회장은 청와대에서 열린 송년 만찬에 부부 동반으로 초정되어 갔다. 그리고 그 이튿날. 태호를 새벽부터 불러 다음과 같은 이야기를 들려주었다.

"대통령께서 그 많은 기업인들이 있음에도 불구하고, 나만 특별히 곁으로 부르시더니 좋은 일이 있을 거라 하시더군."

이렇게 또 한 해가 저물고 85년 새해가 밝고서도 한 달 여가 지난 2월 12일 화요일이었다. 정각 10시를 막 지나고 있는데 회장실로부터 태호를 찾는다는 전화가 왔다. 이에 태호는 하던 일을 멈추고 바로 회장실로 찾아들었다.

"부르셨습니까? 회장님!"

"거 앉게."

"네."

태호가 소파에 앉자 이 회장도 집무용 책상에서 일어나 그의 맞은편 소파로 걸어오며 말했다.

"오늘 정오까지 재무부 장관실로 회장이 직접 오던지 아니면 결정 권한이 있는 최고위급 실무자를 보내라는 전갈이 왔어. 이거야말로 자네가 말한 논공행상의 전조가 아닐까?"

"저도 그렇게 생각합니다."

"만약 정말 그렇다면, 지난번 자네가 말한 상사와 건설 업종을 지목해야 할까?"

"그렇게 하시는 게 좋겠습니다."

"좋아! 그렇게 하기로 하고 자네가 직접 가봐. 모든 의사 결정을 자네에게 일임할 테니."

"회장님이 직접 가시는 것이……?"

"아니야, 아니야! 그 건일 수도 있지만 아닐 수도 있으니, 기민한 자네가 가는 편이 잘 대처하기에 좋을 것 같아."

"정 그렇게 말씀하신다면 제가 다녀오도록 하겠습니다."

"다녀와. 바로 전화하는 거 잊지 말고."

"네, 회장님!"

이렇게 되어 태호는 재무부 장관이 주최하는 오찬에 참석하게 되었다.

이날 만찬은 두 사람의 예상대로였다. 특정 몇몇 기업만을 부른 자리에서 김 재무부 장관이 면면을 둘러보며 말했다.

"대통령 각하로부터 국제그룹을 해체하라는 공식 지시가 내려왔소이다. 따라서 상대적으로 작은 사세에도 불구하고 많은 성금을 낸 여러분들에게 기회를 드리니, 어느 업종이 좋은지 택일하세요. 물론 지목한다고 그 업종이 해당 기업에 가는 것은 아니지만, 우선적으로 고려하겠다는 것은 말씀드릴 수 있습니다."

이에 태호는 이미 결정을 본 대로 국제상사와 국제건설을 지목했다. 그리고 혹시 모르니 하나 더 지목하라는 말에 태호는 국제그룹 산하에 있던 동양증권을 지목했다. 김 재무장관의 말대로 혹시나 하는 심정으로 지목한 것이다. 아무튼 여기까지는 원역사의 속도대로 국제그룹의 해체가 진행되었다.

그러나 무슨 이유 때문인지 이후의 속도는 완전히 달랐다. 속전속결이라는 말이 피부에 와닿는 진행을 보인 것이다. 2주 만에 삼원그룹에 공식 통보가 되었다. 국제상사, 국제건설, 동양증권을 실사하라는 재무부의 지시가 내려온 것이다.

이에 태호는 이 회장 및 김 사장과 협의하여 기획실 직원을 삼 개 회사에 대거 파견하여 정밀 실사를 진행했다. 그리고 그 결과를 가지고 국제의 주거래 은행이었던 제일은행 및 재무부와의 협의를 거쳐 최종적으로 삼원그룹에 편입시키는 수순을 밟게 되었다.

이 과정에서 은행과 재무부 장관과 친분이 있는 김재익 사장이 중요한 역할을 한 것은 사실이었다. 아무튼 삼원그룹은 국제가 지고 있던 부채 중 악성을 제외한 채무를 떠안는 조건으로 이 세 기업을 인수하게 되었다.

그것도 국책은행인 산업은행과 제일은행이 장기 저금리로 융자를 해주니 한마디로 땅 짚고 헤엄치기식으로 세 기업을 그룹 휘하에 편입시킨 것이다. 거저먹은 것이나 마찬가지였다.

물론 이 사건은 1989년 2월 '국제그룹 복권추진위원회'가 공권력 행사로 인한 재산권 침해에 대한 헌법 소원을 제기했고, 7년 여의 지루한 싸움 끝에 1993년 7월 헌법재판소로부터 국제그룹 해체는 위헌이라는 판결을 이끌어냈다.

그러나 1996년 대법원 최종 판결에서 패소하여 상대로부터 기업을 돌려받는 데는 실패하였다. 아무튼 이 사건은 각 신문에 대서특필되었는데 삼원그룹이 국제의 세 업종을 가져간 것을 가지고, '새우가 고래를 삼켰다'는 등의 자극적인 표현을 썼다.

하지만 실제는 국제그룹 전체라면 몰라도 세 업종만 가져온 것을 가지고 그렇게 표현한 것은 너무 지나쳤다. 아무튼 이로 인해 재계의 판도가 확 바뀌었다. 80년 초만 해도 재계 서열 15위였던 삼원그룹이 일약 재계 서열 7위로 뛰어오른 것이다.

물론 국제의 세 기업 외에도 그동안 삼원은 꾸준히 그 서열이 올랐다. 제과와 음료 업종의 호황 또 건설과 라면, 호텔 및 백화점 업종 진출, 여기에 컴퓨터와 반도체사업까지 진출할 때는 이미 10위권에 진입해 있었다.

아무튼 이 모든 것이 최종 정리된 4월 중순.

이 회장은 특별히 태호와 김재익 사장 부부를 자신의 집으로 초대했다. 물론 퇴근 후였다.

식탁에는 술과 함께 진수성찬이 차려진 가운데 이 회장부부와 태호 부부 그리고 김재익 씨와 그 부인 이순자 여사가 나란히 앉아 있었다.

단아한 이미지의 김 사장 부인을 보고 이 회장이 말했다.

"참으로 고우십니다."

"여사님과 따님이 저보다 더 고우신 것 같습니다."

"하하하!"

모두 미소를 짓는데 유독 이 회장만이 대소를 터뜨리고 웃음 끝에 말했다.

"차린 것은 없지만 많이 드세요. 오늘 이 자리는 그간 부군의 공을 기리는 자리니 즐겁게 드셨으면 고맙겠습니다."

"네, 그렇게 하도록 하겠습니다. 회장님!"

이렇게 만찬이 시작되자 이 회장은 손수 포도주병을 들어 김 사장 부부와 태호 부부에게도 포도주를 따라주기 시작했다. 그러던 중 끝으로 자신의 딸 효주에게 따르며 이 회장이 말했다.

"아비에게 술 받아보긴 처음이지?"

"네."

"앞으로도 남편 잘 보필하여 좋은 일 많이 해봐라. 내 매일이라도 따라줄 수 있다. 하하하!"

말끝에 이 회장 스스로가 대소를 터뜨렸지만 아무도 따라 웃지는 않았다. 단지 모두 미소만 지을 뿐이었다. 그런 속에서 이 여사가 말했다.

"제가 한잔 따라 올리겠습니다."

"혈압 때문에 약주는……."

태호의 말이 채 끝나기도 전에 이 회장이 손사래를 치며 말했다.

"아, 아니야. 오늘 같은 날은 한잔해야지. 더구나 이 여사 같

은 미모의 여성이 따르는 것이라면 오늘 당장 죽어도 받아야
지."

이 말을 하고 이 회장이 슬쩍 박 여사의 눈치를 보자 그녀
가 말했다.

"눈치는 왜 보세요? 그러면 제가 평소에 엄청 질투하며 사
는 줄 알잖아요."

"그런가? 하하하!"

오늘따라 유난히 유쾌해 보이는 이 회장이었다. 이렇게 되
어 이 여사가 자리에서 일어나, 두 사람에게도 포도주를 따르
자 이 회장이 잔을 높이 치켜들고 말했다.

"우리 모두 건배 한번 합시다. 내가 '삼원그룹의 발전을 위하
여!'라고 외치면, '지화자'로 동참해 주시기 바랍니다. 자, 잔을
드시고, 삼원그룹을 위하여."

"지화자! 하하하!"

"하하하!

김 사장마저도 흔쾌한 웃음을 터뜨리는 가운데 각자 든 술
을 천천히 마시기 시작해 이내 모두 잔을 비웠다. 단, 세 명의
여자는 빼고. 아무튼 이렇게 시작된 만찬이 어느덧 중반을 넘
어서서 끝으로 넘어갈 때였다. 이 회장이 태호를 보고 다시
입을 열었다.

"자네가 처음 우리 그룹에 입사할 때 약속한 대로 우리가

명실공히 재계 7위 그룹이 되었네. 그동안 고생 많았고 앞으로도 잘해줄 것이라 믿네. 고맙네."

새삼 손을 내밀어 악수를 청하는 이 회장에게 태호 또한 정중히 두 손으로 맞잡으며 겸양했다.

"이 모든 것이 회장님의 복이자 공입니다. 아무리 밑의 사람들이 올바른 제안을 한다 해도 이를 실행에 옮길 사람이 귀를 닫고 있으면 이룰 수 없는 일입니다. 회장님의 크신 귀와 결단에 새삼 경의를 표하는 뜻으로, 연거푸 술 석 잔을 마시도록 하겠습니다. 여보, 양주 가져와. 포도주로서는 도저히 성이 차지 않으니 양주로 마셔야겠어."

태호의 말에 효주가 아무도 안 보게 태호에게 살짝 흰자위를 내보이는데, 이 회장이 대소와 함께 찬의를 표했다.

"하하하! 그것도 좋지, 좋아! 술도 마실 수 있을 때 마셔야 한다고. 하하하!"

이 회장의 유쾌한 웃음소리를 귀로 들으며 태호는 효주가 가져온 양주를 스스로 따라 세 잔을 연거푸 마셨다. 그러자 여전히 웃음을 입에 매단 이 회장이 말했다.

"수일 내로 두 사람에 대한 논공행상이 있을 것이오. 따라서 사양은 절대 사절이니 그렇게 알기 바랍니다. 자, 끝으로 딱 한 잔씩만 더 합시다."

이렇게 만찬은 끝났고, 잠시 후식을 들며 환담이 이어졌다.

    *   *   *

그로부터 사흘이 지난 4월 15일.

전날 고지한 대로 이날 사옥 대회의실에서는 오전 9시부터 그룹 이사 이상의 간부 회의가 열리고 있었다. 모처럼 이 회장이 직접 주관하는 회의였다.

기침 소리 하나 없는 정숙 속에 단상에 선 이 회장이 전면을 세세히 훑더니 드디어 입을 떼었다.

"오늘 여러분들을 소집한 것은 그룹의 인사 발표를 하기 위해서입니다. 연말도 아닌데 인사를 단행하는 것은, 여러분들도 잘 알다시피 우리 그룹이 금번에 세 기업을 인수한 바에 따른 인사입니다."

여기서 말을 끊고 다시 한번 장내를 휘둘러본 이 회장의 말이 이어졌다.

"이제 앞으로 우리 그룹은 나를 정점으로 쌍두 체제로 운영이 될 겁니다. 즉, 금번에 신규 편입된 건설과 상사, 증권은 물론 기존 기획실까지를 김태호가 사장 겸 부회장이 되어 한 축을 이끌어 나갈 것입니다."

이 부분에서 참석한 사장들의 박수가 쏟아져 나왔다. 잠시 멈추길 기다린 이 회장이 다시 발언을 시작했다.

"하고 기존의 반도체와 컴퓨터는 물론 라면, 호텔, 백화점은 김재익 부회장이 사장직까지 겸해 한 축을 담당하게 될 것입니다."

또 한 번 박수 소리가 장내에 울려 퍼졌고, 다시 잠시 쉬었던 이 회장의 말이 이어졌다.

"드디어 우리 그룹이 10위권 안에 재진입했습니다. 이는 오늘 부회장직에 오른 두 사람만의 공이 아닌 여러분들의 헌신이 있었기에 가능한 일이라는 것을 본 회장은 잘 알고 있습니다. 따라서 지금 당장은 아니지만, 올 연말에 대대적인 승진 인사로 보답하겠습니다. 그러니 여러분들 모두가 각자의 위치에서 좀 더 분발하여 주실 것을 믿습니다. 이상입니다!"

이 회장의 말이 끝나자마자 '승진 인사'라는 말이 그 어느 때보다 귀에 쏙 들어왔는지 요란한 함성과 함께 박수가 쏟아졌다.

와아……!

짝짝짝!

이 와중에 말을 끝낸 이 회장이 두 사람을 단 위로 부르더니 말했다.

"할 말 있으면 하고 끝나는 대로 회장실로 들러줘요."

"네, 회장님!"

두 사람의 대답을 들으며 이 회장이 물러가자 이제는 부회장이 된 김재익이 말했다.

"할 말 있으면 먼저 해요."

"없습니다. 부회장님께서 하시죠."

"그럴까?"

그 말을 끝으로 단에 오른 김 부회장이 약 5분에 걸친 연설을 했다. 그리고 그가 물러나자 태호는 그와 함께 회장실로 직행했다.

잠시 후 두 사람이 회장실에 들어서니 기다리고 있던 이 회장이 자리에서 일어나 맞았다.

"그래, 한마디 하고 왔나?"

"저는 안 했습니다."

태호의 대답에 이 회장이 물었다.

"왜?"

"할 말이 없어서죠. 뭐."

태호가 머리를 긁적이며 말하자 이 회장이 대소와 함께 말했다.

"하하하! 그런가? 없으면 없는 것으로 마는 것이지 뭐. 자, 자리에 앉아요."

"네."

이 회장의 말대로 두 사람이 소파에 나란히 엉덩이를 걸치고 앉자 맞은편에 앉은 이 회장이 입을 떼었다.

"특히 김태호 부회장에게 하는 말이네만, 아무래도 타 그룹에 있다 흡수된 사람들이니 이래저래 말들이 많을 게야. 더구나 우리보다 큰 그룹에 속했다가 하위 그룹에 속하게 되었으니, 자존심상으로도 그럴 게고. 한마디로 불평불만이 많을 거란 말이지. 따라서 일부 못된 놈들은 이를 노골적으로 드러낼 수도 있으니 초장부터 규율을 엄히 잡아야 할 게야."

"알겠습니다, 회장님! 그렇게 하도록 하겠습니다."

"자, 그건 그렇고……."

여기서 말을 끊고 새삼스럽게 김재익 부회장을 바라본 이 회장이 물었다.

"혹시 서운한 것은 아니오? 새로 인수한 기업 모두를 태호에게 주었으니 말이오."

"절대 그렇지 않습니다. 오히려 제 능력 밖의 중책을 맡아 감당해 내지 못할까 두렵습니다. 그리고 겪으면서 느끼는 것이지만, 옆에 있는 김 부회장이야말로 능력자입니다. 따라서 기존 것도 김 부회장에게 맡기는 것이 올바른 인사가 아니었나 하는 생각이 듭니다, 회장님!"

"그건 지나친 겸양이시고. 그런 마음을 가졌다니 고맙소. 하여튼 내가 금번에 이런 인사를 하게 된 배경에는, 나의 사후 후계 구도와 관련이 있는 일이니 서운하게 생각하지 말기를 바랍니다."

"절대 그런 마음 없으니 안심하십시오, 회장님!"

고개를 끄덕인 이 회장이 무슨 말을 하려다 갑자기 생각이 안 나는지 순간적으로 멈칫했다. 벌써 칠십 가까운 나이가 되어서인지, 요즈음 이 회장은 자주 깜빡깜빡하는 증세를 보이고 있었다.

"음……! 아, 그렇지! 사람이 지위가 오르면 그 자리에 어울리는 품위 유지도 해야 된다고 생각하네. 무슨 말인가 하면, 밑의 사람들에게 저 자리에 앉으면 저런 혜택을 누릴 수 있겠구나 하는 의식을 심어주는 것도 중요하단 말이지. 우리 그룹에 신입 사원으로 들어와 고생하는 것은 별을 단다고 표현하지, 하여튼 임원이 되어 많은 혜택을 누리고 싶어서 아니겠나?"

여기서 말을 끊고 두 사람을 번갈아 바라보던 이 회장이 끝내는 태호에게 시선을 고정시킨 채 말했다.

"그러니 특히 김태호 부회장에게 이르네만, 비서실을 대폭 확장하고 경호원도 대폭 보강해. 그리고 차도 최고로 좋은 놈으로 타고 다니란 말이야. 그래야 다른 사람들도 보고 느끼는 게 있고, 자신도 뿌듯하지 않겠어? 그대로 실행하시게."

"네, 회장님!"

"아, 아니지. 내가 두 사람에게 직접 최고급 차량으로 한 대씩 뽑아주지."

말이 끝나자마자 이 회장이 앉은 자세에서 밖을 향해 소리쳤다.

"비서실장, 게 있나?"

"네, 회장님!"

대답과 거의 동시에 문이 열리며 오철규 비서실장이 들어왔다.

"요즈음 최고급 승용차가 뭔가?"

"국산으로 말입니까?"

"당연히 국산이지. 괜히 외제 차 타고 다니다 세무사찰받을 일 있어?"

"현대에서 생산하는 6기통 대형 세단인 그라나다입니다."

"그래. 그걸로 두 대 뽑아, 이 두 사람에게 각각 한 대씩 지급해 줘."

"알겠습니다, 회장님!"

곧 돌아서 나가려는 오 비서실장를 보고 이 회장이 첨언했다.

"그리고……."

"네, 회장님!"

오 비서실장이 돌아서서 답했다.

"이 두 사람의 방을 이 18층에 다시 꾸미는데, 아주 멋스럽고 고급지게 꾸며줘. 비서실이나 경호원 공간도 충분히 확보해 주는 방향으로 말이야."

"네, 회장님!"

"나가 일 봐."

"네, 회장님!"

오 비서실장이 나가자 두 사람에게 다시 시선을 돌린 이 회장이 말했다.

"내가 이렇게 직접 챙기는 이유는 두 사람이 내 명에도 불구하고 그렇게 하지 않을까 봐 걱정이 돼서고. 또 다른 이유는 알다시피 더 열심히 근무해 달라는 거야. 오늘은 이쯤 해 두지."

"네, 회장님!"

곧 두 사람은 목례를 건네고 회장실을 빠져나왔다.

*　　　　*　　　　*

회장실을 나와 태호가 옛날부터 근무했던 자신의 방으로 돌아오자 그곳에는 선객(先客)이 있었다. 군대의 직속상관이었던 계영철 장군이었다.

"고문님! 어쩐 일로……."

"자네의 부회장 승진을 축하해 주기 위함이네."

"고맙습니다. 차는 드셨습니까?"

"자식 키워봐야 다 소용없다더니 옛말이 하나 그르지 않네. 딸이 비서실에 근무하면 뭘 해. 남만도 못하니. 아비가 와도 지금까지 차 한잔 없어요."

"아빠! 드셨다면서요?"

계장군의 딸 계소연의 고음이었다. 그녀는 작년 대학 4학년으로, 9월 달 그룹에서 실시하는 정규 신입 사원 모집에 응시해 합격한 이래, 그룹 총무과에 재직해 오고 있었다. 그러던 것을 계장군의 부탁으로 태호가 비서로 발탁해 데리고 있는지 얼마 되지 않았다.

그러니까 지금 비서실에는 조 양과 계소연 두 명이 근무하고 있는 상태였다. 아무튼 계 양의 말에 계 고문이 능청스럽게 받았다.

"그렇다고 못 이기는 척 한 잔 더 주면 어디가 덧나냐?"

"알아 모시겠습니다. 한 잔 더 드릴게요. 계 고문님! 부회장님은요?"

"나도 한잔 부탁해요."

"네, 부회장님!"

"그나저나 무위도식하는 것 같아, 영 편치가 않네."

"별말씀을 다 하십니다. 아직 성과를 내지 못해 그렇지 열심히는 하고 계시지 않습니까?"

"성과가 없으니 무위도식이지."

"그런 말이 어디 있습니까? 회장님이나 저나 고문님이 열심히 하고 계시는 것은 잘 알고 있으니 아무 염려 마시고 지금 같이만 해주십시오."

"고맙네."

계 고문과의 대화가 끝나자 태호는 조 양을 불렀다.

"조 양!"

"네, 부회장님!"

"지금 즉시 전화해서 상사, 건설, 증권 사장들 내가 보자고 한다고 해."

"네, 부회장님!"

그로부터 20분 후.

계 고문이 물러간 자리를 새로 삼원그룹에 편입된 삼원상사, 건설, 증권 사장들이 차지하고 있었다. 태호는 거두절미하고 세 명에게 말했다.

"내일 오전 7시까지 소회의실로 이사 이상의 임원 전부를 집합시켜 주세요."

"7시까지 말입니까?"

제일 우측에 앉아 있던 증권사 사장의 물음에 태호가 답했다.

"그렇습니다. 우리 그룹은 7시에 간부 회의를 하는 전통이 있습니다."

태호의 말에 세 명의 얼굴이 보기 좋게 일그러졌다. '죽었구나!' 하는 표정들이었다.

"앞으로 어떻게 운영하실 작정이십니까?"

제일 좌측에 앉아 있는 오십 줄의 전 국제상사 사장의 물음이었다.

그런데 그 표정이 좀 만만하게 보는 듯 엷은 웃음이 배어 있었다.

태호의 나이가 어림을 보고 그런 모양이었다. 그러나 태호는 아무런 표정 변화 없이 말했다.

"그 말씀을 드리려고 모이라는 것입니다. 하고 더 이상의 질문은 받지 않겠습니다. 부하들 동요하지 않게 잘 챙기시고 하던 업무는 계속적으로 할 수 있도록 잘 관리해 주시기 바랍니다. 그만들 물러가세요."

찬바람이 일 정도로 냉정한 태호의 말에 세 사람은 서로의 얼굴을 바라보더니 할 말은 많으나 어쩔 수 없다는 듯 자리에서 일어나 나갔다.

*   *   *

이날 태호는 잔무가 많아 9시가 넘어서야 퇴근을 했고, 집 안으로 들어서자 기다리고 있던 효주가 반갑게 맞으며 물었다.

"많이 늦었네요. 저녁 식사는요?"

"구내식당에서 먹었소."

"늦었지만 축하해요, 여보!"

"당신은 좀 서운하겠군."

"아니에요. 아직 많이 모자라니 더 열심히 배우고 익혀야죠."

"그런 자세가 좋소."

"그런데 당신보다 김 부회장님의 능력이 더 뛰어난가 봐요."

태호의 음성이 높아졌다.

"무슨 소리요?"

"당신이 해결 못 한 서귀포 중문 땅 3만 평을 매입하라는 지시가 떨어졌거든요."

"그거야 내가 미처 신경을 못 쓴 탓이지."

"그러세요?"

효주의 표정이 놀리는 빛이 역력했다. 그러자 태호가 그녀를 번쩍 안아 들며 말했다.

"어머!"

"남편의 능력을 못 믿다니 어디서 배운 버릇이오?"

"다른 건 못 믿어도 밤일은 믿죠. 요즘엔 왜 진즉 결혼하지 않았을까 후회가 될 정도로 밤이 기다려지네요."

둘의 이런 노골적인 대화에 주방 쪽에서 둘의 대화를 엿들던 가정부가 아예 모습을 감추었다.

어쨌거나 태호는 그녀를 안아 들고 둘만의 방으로 향했다. 그러며 말했다.

"그건 다 당신의 타고난 색기 때문이야."

"뭐라고요?"

"낮에는 정말 요조숙녀 같은 사람이 밤이면 완전히 돌변해……."

"당신도 그걸 원했잖아요?"

"맞지. 맞고말고. 쪽!"

그녀의 도톰한 입술에 기습적으로 뽀뽀를 한 태호가 갑자기 효주를 침대에 던지는가 싶더니, 이내 옷을 하나씩 홀홀 집어던지며 말했다.

"나 씻고 올게. 여보!"

"네~!"

답하는 효주의 음성이 간드러졌다.

*   *   *

다음 날 오전 7시.

사옥 소회의실에는 삼 개 사의 임원 50여 명이 긴장된 표정으로 입구를 주시하고 있었다.

그중에는 마른침을 꿀꺽 삼키는 자들도 있는 가운데 태호가 마침내 문을 열고 들어섰다. 총무과 직원 한 명만 달랑 거느린 채였다.

  곧 단상에 선 태호가 좌중을 한번 둘러보더니 입을 떼었다.

  "여러 말 하지 않겠습니다. 오늘 여러분들을 모신 이유는 일괄 사표를 제출받기 위해서입니다."

  태호의 말에 설마 했던 일이 현실이 되자 모든 사람들의 얼굴이 일시에 흙빛이 되었다.

  그런 사람들 가운데 제일 앞줄에 앉아 있던 한 사람이 자리에서 벌떡 일어났다. 태호의 시선이 자연스럽게 그쪽으로 향했다. 어제도 본 일이 있는 건설의 강동철(姜東喆) 사장이었다.

  "아무리 삼원에서 우리 삼사(三社)를 인수했다지만 이럴 수는 없는 법이오. 전쟁에서 승리해 진주한 점령군도 이런 횡포는 부리지 않소. 한 사람도 빠짐없이 일괄 사표를 내라니 말이 되는 소리요?"

  "이해합니다. 하지만 나는 여러분들의 능력을 모릅니다. 물론 인계 과정에서 넘겨받은 인사고과 서류도 있지만, 나는 한번도 열어보지 않고 즉시 폐기하라 지시했습니다. 왜냐? 나는 여러분들 모두가 새로 입사했다는 심정으로 근무하길 바라기 때문입니다. 처음 입사할 때의 그 초심(初心)으로 말이죠. 그런데 왜 사표를 받느냐? 이율배반적인 행위지만 열심히 하지 않는 사람은 즉시 쳐내기 위해서입니다. 대신 열심히 하는 사람은 사표가 반려되는 것은 물론, 승진도 시켜줄 것입니다. 됐습니까?"

우와!

짝짝짝!

갑자기 장내가 환호성과 함께 박수 소리로 떠나갈 듯했다. 이를 미소로 답한 태호는 더 이상 그 자리에 머물지 않았다. 바로 단상을 떠난 것이다.

뒤에 남은 총무과 직원만이 서류 봉투에서 사직원을 꺼내 모든 사람들에게 한 장씩 나누어 주고 있었다.

그로부터 20분 후.

어제와 같이 세 명의 사장이 태호의 방으로 들어섰다. 손에는 휘하 임원들이 작성한 사직서를 든 채였다. 그런 셋을 소파에 앉힌 태호가 뒤늦게 들어온 총무과 직원에게 말했다.

"커피 네 잔만 부탁해요."

"네, 부회장님!"

두 명의 여직원이 아직 출근 전이라 커피까지 타게 된 총무과 직원이 탕비실로 향하자 태호는 시선을 차례로 옮기며 물었다.

"반응이 어떻습니까?"

강 사장이 대표로 답했다.

"모두 심기일전하여 열심히 일할 태세입니다, 부회장님!"

고개를 끄덕인 태호가 말했다.

"좋습니다. 오늘 퇴근 후에는 상견례 겸해 모든 임원들과 함께 회식을 하는 것으로 하죠. 회식도 업무의 연장인 것은 아시죠?"

"물론입니다. 한 사람도 빠짐없이 참석하도록 단단히 지시를 내려놓겠습니다. 부회장님!"

상사의 김현구(金賢求) 대표의 말에 고개를 끄덕인 태호가 증권사 사장 홍민표(洪敏杓) 사장을 보고 물었다.

"요즘 건설 경기만큼이나 증권 시황도 안 좋죠?"

"네, 부회장님! 시황판에 붉은빛이 번쩍번쩍해야 우리도 힘을 쓰는데 영……."

홍 사장이 고개를 가로젓는 것으로 나머지 말을 대신하자 태호가 미소 띤 얼굴로 말했다.

"내일 아침 7시에는 각 사의 업무 브리핑을 받을 것이니 준비해 주시기 바랍니다."

"내일 바로 말입니까?"

건설 강 사장의 놀란 듯한 말에 여전히 미소를 띤 표정의 태호가 물었다.

"곤란합니까?"

"아, 아닙니다. 해내겠습니다. 오늘 밤을 꼬박 새우는 한이 있더라도."

"오늘 회식 있잖아?"

증권 홍 사장의 말에 강 사장이 받아쳤다.

"건설 사장은 아무나 하나? 강단도 있고 술이라면 지고는 못 가도 마시고는 갈 수 있어야지."

"좋습니다. 오늘은 여기까지 하죠."

"네, 부회장님!"

이때 마침 차가 나왔으므로 셋은 빠른 속도로 차를 마시고 그 자리를 떠났다. 그러자 두 사람이 교대하듯 들어섰다. 물론 출근하는 조 양과 계 양이었다.

"좋은 아침!"

"부회장님도 좋은 아침!"

"상쾌한 아침이에요. 참, 부회장님! 계 양도 왔는데 우린 회식 안 해요?"

조윤아 양의 물음에 태호가 답했다.

"곧 비서실 진용을 대대적으로 새롭게 꾸밀 거야. 따라서 모든 인선이 끝나면 그때 보자고."

"그때가 언제인데요?"

"내일."

"부회장님답게 인사도 속전속결이네요."

"자, 업무 시작하자고."

"네."

제5장
발전 전략 Ⅰ

그녀들과의 대화가 끝나자 태호는 본격적으로 업무를 시작했다. 이 회장의 말도 있고 해서, 우선 비서실 체제를 구축하기 위해 조 양에게 말했다.

"정보이사 좀 호출해 줘요."

"네. 부회장님!"

곧 조 양의 통화하는 목소리가 들리고 바로 정보이사 정태화가 문을 열고 들어왔다. 그는 미국 현지 정보원들을 지휘해 연구원 150명을 확보하자, 국내로 복귀한 바 있었다. 물론 아직 연구원을 모집하는 일은 현재진행형이었다.

"부르셨습니까? 부회장님!"

"네. 이리와 앉으세요."

"네."

정태화가 맞은편 소파에 앉자 태호가 그의 의중을 떠보았다.

"이번에 제가 부회장으로 승진하면서 비서실 체계를 새로 구축하려 합니다. 따라서 비서실장이 필요한데 맡아주시지 않겠습니까?"

"저야 영광이지만 능력이 될지 모르겠습니다."

"차고 넘칩니다."

"감사합니다."

"부장으로는 기획실 김병수 차장을 승진 발령 내려는데 괜찮을 것 같습니까?"

"그 사람 또한 누구나 알아주는 인재 아닙니까? 적절한 인사라 봅니다."

김병수(金炳秀)는 행시에 패스해 차장으로 특채된 사람으로, 태호의 대학 후배이기도 했다. 물론 군은 필했다. 입사한 지 2년밖에 되지 않는 금년 29세의 청년이었다.

"출근했으면 가서 데려오시죠."

"네, 부회장님!"

정태화가 일어서는 것으로 둘의 대화에 시선을 모았던 두 여직원이 얼른 시선을 돌렸다.

　밖으로 나간 정태화가 바로 김병수를 데리고 들어왔다. 작은 키에 도수가 높은 두터운 검은 뿔테 안경, 얼굴 또한 못난 축에 속했다. 내성적인 성격을 말하듯 따라와서도 쭈뼛쭈뼛하는 그에게 미소를 띤 채 태호가 말했다.

　"거기 앉아요."

　"감사합니다, 부회장님!"

　그가 정태화와 나란히 앉자 태호가 다시 입을 열었다.

　"비서실에 부장으로 발탁해 쓰고 싶은데 의향이 어떻소?"

　"모실 수 있다니 영광입니다, 부회장님!"

　"좋아요. 오늘부터 여기 비서실장님과 함께 근무하는 것으로 합시다. 비서실을 다시 꾸밀 것이니 우선 대형 테이블 하나 갖다 놓고 근무하는 것으로 하고."

　"네."

　두 사람이 동시에 대답하자 태호는 두 사람과 협의해 과장한 명과 대리 1명, 평사원 4명을 추가로 선발했다. 평사원은 남자 둘, 여자 두 명이었다. 또 태호는 조윤아 양을 대리로 발령 내 대리 직급이 두 명이 되게 하였다.

　그리고 태호는 기왕 인사에 손댄 김에 이전에 1차장에서 부장으로 승진해 있던 기획실의 조동화를 이사로 발령 내 기획실장에 임명했다.

　　　　　＊　　　　　＊　　　　　＊

　이날 퇴근 5분 전.

　태호는 호텔로 전화를 걸었다. 효주와 통화를 하기 위해서
였다. 그러나 통화할 수가 없었다. 신호가 계속 가도 받지를
않았다. 그녀는 객실 하나를 자신의 사무실로 꾸며 사용하고
있었다.

　어쨌거나 이번에는 백화점 부사장실로 전화를 걸었다. 그러
자 여직원이 받았다. 그래서 태호가 말했다.

　"부사장 있으면 바꿔주세요."

　"누구라 전해 드릴까요?"

　"부회장이라 하세요."

　"아, 네. 바꿔 드릴게요."

　수 초 후, 효주가 전화를 받았다.

　"왜요?"

　"응. 백화점 매출은 어때? 여전히 잘 팔리나?"

　"네. 다 당신 덕분이에요. 선점의 효과가 크군요."

　"고마워. 다름 아니라 오늘 내가 새로 맡은 삼사의 임원들
과 회식을 하기로 했어. 좀 늦을 거야."

　"술은 되도록 적게 드세요."

"알았어. 이따 봐."

"네."

전화를 끊은 태호는 비서실 직원들을 향해 말했다.

"오늘 회식이 있어 먼저 퇴근합니다. 그리고 비서실은 내일 정식 상견례 겸 회식을 할 테니, 그런 줄 아세요."

"네."

모든 사람이 일제히 대답하는데 튀어나와 말하는 사람이 있었다. 그것도 하나가 아닌 둘씩이나 되었다.

"모시겠습니다."

부장 김병수와 과장 황철민(黃哲敏)이었다.

"저도요."

"저도요."

"무슨 짓들이야?"

대리로 승진한 조윤아와 계소연마저 나서자 비서실장 정태화가 화를 내며 교통정리를 했다.

"수행과장 황철민이 모시는 게 맞고, 조 대리는 부회장님과 오래 손발을 맞춰왔으니 오늘만 수행해."

"네."

두 사람이 동시에 대답하고 급히 자신의 소지품을 챙겨 태호의 뒤를 따랐다.

"참!"

몇 발짝 뛰던 태호가 정태화에게 시선을 맞추고 말했다.

"내 윤정민 경호과장에게는 일러놓겠지만, 두 분이 협의하여 경호 인력도 대폭 확충해 주세요. 음……! 총 16명을 더 충원하는 것으로 합시다."

"알겠습니다, 부회장님!"

태호가 곧 부회장실을 벗어나니 기다리고 있던 윤정민 이하 두 명의 남경호원이 바로 그의 뒤를 따라붙었다. 요즘 장인애는 전에 태호가 이야기한 대로 그의 집 2층에서 먹고 자고 하며 효주만 전적으로 경호하고 있었다.

차량 2대로 이동해 예약한 갈빗집에 도착한 태호는 기다리고 있던 임원들과 함께 2시간 동안 먹고 마셨다. 그리고 대형 룸이 완비된 업소로 가 밴드와 함께 질탕하게 놀고 끝냈다. 그리고 집에 돌아오니 벌써 밤 12시가 다 되어가고 있었다.

기다리고 있던 효주가 좀 잔소리를 했지만 한번 끌어안아 주는 것으로 만사형통이었다.

*   *   *

다음 날 오전 8시.

정식 업무가 시작되기 전 잠시 티타임을 가진 태호는 곧 세 명의 사장으로부터 업무 보고를 받기 위한 준비를 마쳤다. 그런 태호의 뒤에 전 비서진이 배석하고 있었다.

아무튼 제일 첫 번째 주자로 나선 삼원상사의 김현구 사장이 차트까지 준비해 지휘봉으로 넘기며 업무 보고를 시작했다.

"인수 당시 신발 제조 부분이 분리된 우리 삼원상사(三元商社)에 근무하는 인원은, 현재 총 452명으로 해외인 미국과 일본 및 유럽을 중심으로 32개국에 181명이 주재하고 있으며, 나머지가 국내 인원입니다. 주지하다시피 우리의 주 임무는 수출입으로 작년 18억 5천만 달러를 수출하고 16억 달러를 수입한 바 있습니다. 그러나 문제는 지금부터입니다. 우리 수출의 60%를 점했던 전 국제그룹의 물량이 대거 끊길 것이 확실하므로, 많은 어려움이 예상됩니다."

이렇게 시작된 김 사장의 보고는 10분이 지나서야 마칠 수 있었다.

이를 유심히 경청하며 중간중간 메모를 하던 태호가 그 메모지를 보며 김 사장에게 질문을 던졌다.

"우리 그룹의 물량을 전부 떠맡아도 당장은 축소될 수밖에 없겠군요."

"그럴 것입니다."

"하면 해외 지사뿐만 아니라 국내도 업무량의 축소로 인해 인원 감축의 여력이 있겠군요."

"사실은 그렇습니다만 저로서는 제 손발을 자르는 느낌이라……."

"아직 유휴 인력을 자르라는 말은 하지 않았습니다."

"아, 네!"

안도의 한숨을 내쉬는 김 사장을 냉정한 눈으로 바라보던 태호가 물었다.

"그들을 놀리지 않을 방법은 세워져 있습니까?"

"아직은……."

"어쩌자는 겁니까? 놀리고 돈 주자는 겁니까?"

"대책을 마련 중입니다. 부회장님!"

"우리가 수출을 대행해 주면 그 수수료를 얼마나 받습니까?"

"통상 총 수출 금액이나 수입 금액의 5%를 받는 것이 관례입니다."

"흐흠……! 해외 주재원들이 선진국에 편중되어 있는 것은 사실이지요?"

"네, 그렇습니다."

"공산권에도 수출을 하고 있습니까?"

"오스트리아의 중계무역상을 통해 하고 있으나 워낙 경쟁이 치열해 얼마 되지 않습니다."

"우리의 수입 물량 중 석유나 광물, 목재 여타 자원의 비중은 얼마나 차지하고 있습니까?"

"거의 전무하다시피 합니다."

"자원 개발은 아예 꿈도 못 꿨겠군요."

"그렇습니다."

"곡물은?"

"그것도 거의 손을 대지 않은 분야입니다."

"내 질문만으로도 그 발전성이 무궁무진하다 생각지 않습
니까?"

"부회장님의 말씀을 듣고 보니 개안을 한 느낌입니다."

김 사장의 아부에 가까운 말에도 태호의 눈빛은 냉정하기
만 했다.

"이렇게 합시다."

운을 뗸 후, 잠시 생각을 정리하는가 싶더니 일사천리로 쏟
아내기 시작했다.

"우선 국내 인원에 대해 말씀드리겠습니다. 수수료를 4.5%로
인하하세요. 그리고 상사원 한 사람에게 전문 분야를 배당 육
성시키세요. 일례를 든다면 원단 전문가라면 척 보거나 만져보
는 것만으로도, 이것이 어느 나라 어느 사 제품의 원사로, 어
느 공장에서 가공한 제품이다라고 금방 판별할 정도의 전문가
로 만들어, 이들은 당연히 그 직종과 연관된 기업을 찾아다니
며 수출 물량과 수입 물량을 받아내는 것입니다. 무슨 얘기인

지 아시겠죠?"

"물, 물론입니다. 부회장님!"

"해외 지사는 먹기에 우선은 곶감이 달다고, 수출입 물량이 많은 선진국에 집중 배치되어 있는 것은 이해가 가나, 앞으로는 이를 후진국까지 거미줄처럼 퍼뜨리고 연결하세요. 해서 소량 다품종 시장 다변화를 통하여 경쟁력을 높이다 보면 궁극에는 우리 상사만이 우뚝 서 있을 것입니다. 자원도 그렇습니다. 지금은 석유가가 많이 낮지만 반드시 크게 뛸 날이 올 것입니다. 그때를 대비하여 유망 광구를 사들이고 개발해 놓는 것입니다. 광물자원도 마찬가지고요."

여기서 물을 마셔 목을 축인 태호의 말이 이어졌다.

"이래도 언젠가는 무역만으로는 벌어먹기 힘든 시대가 올 것입니다. 그때를 대비해 지금부터 곡물에도 신경을 써서 곡물 메이저 수준의 자금력과 매집 및 판로를 개척해 두어야 합니다. 또 하나, 수출입 과정에서 보면 자금력 때문에 고전하는 기업이 많을 겁니다. 우리 상사맨은 금융마저 조달할 수 있는 사람이 되어야 하니, 이 분야도 신경 써서 개척하도록 하세요."

"네, 부회장님!"

태호가 곡물 메이저 운운한 것은 일본 종합상사가 궁극에는 상사 업무만으로는 벽에 부딪치자 곡물에 눈을 돌려 생존

하는 것을 보고 내린 판단인 것이다.

아무튼 군기 바짝 든 모습의 김현구 사장을 바라보던 태호가 조금은 누그러진 표정으로 말했다.

"위와 같은 일을 모두 해내는 조건으로 한 명도 자르지 않겠습니다. 그러니 우선은 체제 개편부터 서두르세요."

"네, 부회장님!"

"아, 하나 빠진 것이 있군요. 각국에 주재하는 상사원들에게 컴퓨터, 휴대폰, 반도체 등의 유능 연구 인력을 파악하여 섭외하는 것도 임무에 포함시키도록 하세요. 물론 외국인은 섭외하기 어려울 것이니, 우선은 해당국의 한국 출신 사람부터 행하는 것으로 말이죠."

"알겠습니다."

"하실 말씀 있으면 하세요."

"없습니다. 우선은 부회장님의 말씀대로 실행에 옮겨보고, 그때 가서 의문점이나 보강할 점이 있으면 말씀드리도록 하겠습니다."

"알겠습니다. 다음은 건설사장님 브리핑해 주세요."

"네, 부회장님!"

태호의 말에 강동철 사장이 앞으로 나섰다.

강동철 사장은 참으로 특이한 이력의 소유자였다. 서울대 건축학과를 나와 콜로라도 주립대 석·박사 과정을 거쳐, 프랑

스의 세계적인 엔지니어링 사인 테크닙에 입사, 최단기간 내에 이사에 오른 입지전적인 인물이었다.

이런 인물을 국제그룹에서 삼고초려하여 2년 전에 사장으로 모신 인물이었다. 당시 국제건설은 여느 건설사와 마찬가지로 중동에 진출하여 한동안 많은 수주 실적을 올렸으나, 요즘 저유가가 지속되자 수주 절벽에 부딪쳐 중동에서 한창 철수가 진행 중에 있었다.

아무튼 이렇게 되니 국제그룹에서는 건설을 아예 국제상사의 일부로 통합시켰다가, 금번 해체 과정에서 분리, 독립되어 삼원에 넘겨진 것이다. 이런 건설 또한 발전시켜야 하는 막중한 책무가 두 사람, 부회장 태호와 강동철 사장의 어깨 위에 맡겨진 것이다.

강 사장의 브리핑 내용도 위에 기술한 내용과 거의 같았다. 즉, 중동에서 장비와 인력을 계속 철수 중이라는 것이었다. 인력이 남아돈다는 것은 큰일이 아닐 수 없었다.

물론 해고하면 된다. 그러나 태호는 그렇게 하지 않고 일단 어떻게든 꾸려가고 싶었다. 그래서 태호는 몇 가지 방안을 제시했다.

첫째는 기존 삼원과 새로 인수한 국제건설과의 합병이었다. 참고로 기존 삼원건설은 지금 청주공단 내에 반도체 및 컴퓨터 공장을 짓느라 전 인력이 매달리고 있는 상태였다.

그러니까 지금의 SK하이닉스 반도체 공장 바로 그 자리였다. 원래 이곳은 럭키금성에서 89년 반도체사업에 뛰어들며 지은 공장이었다. 그러나 원역사와는 달리 삼원에서 먼저 반도체사업에 뛰어듦에 따라, 그들은 아예 반도체사업을 포기하게 된다.

아무튼 태호는 한 그룹 내에 두 개의 건설사를 유지할 필요가 없어 합병을 하기로 결정한 것이다.

둘째로 태호는 기존 철수하는 인원을 제주도 서귀포에 건설할 호텔 건립에 일단 모두 투입하기로 하고 김재익 사장의 협조를 얻기로 했다. 그리고 정부에서 추진 중인 시화호 간척사업에 삼원건설이 꼭 낄 수 있도록 최대한의 노력을 경주하기로 했다.

정부의 발표로는 건설사들의 어려움을 덜어주기 위해 대대적인 간척사업을 벌이기로 했다는 것이다. 그 일환으로 내년에 시화호 간척사업의 첫 사업을 뜰 예정이므로, 이 공사에 삼원건설이 참여할 할 수 있도록 그룹 차원에서 노력을 기울이기로 한 것이다.

셋째로는 위의 것들이 단기 처방이라면 장기적으로 건설은 해외에 집중하기로 하고 해외 공사를 수주하는 데 전 사적 노력을 기울이기로 했다. 물론 그렇다고 안방 공사를 소홀히하자는 것은 아니고, 건설이 크기 위해서는 궁극적으로 큰물에서 놀 필요가 있어 그런 방침을 정한 것이다.

이 과정에서 태호는 상사의 김 사장을 보고 말했다.

"김 사장님!"

"네."

"앞으로 각 해외 지사는 신문이나 방송, 여타 주재하는 나라의 정부 시책을 꼼꼼히 살피고, 그중 건설 계획 공고는 빠짐없이 챙겨 건설에서 응찰할 수 있도록 협조를 해주시기 바랍니다."

"명심하겠습니다, 부회장님!"

이렇게 건설 부문에 대한 브리핑과 태호의 지시가 끝나자 그의 시선은 자연스럽게 증권사 사장 홍민표에게로 향했다. 홍 사장 역시 은행과 증권에서 잔뼈가 굵은 베테랑이었다. 그런 그가 브리핑을 하기 전에 태호가 기습적인 질문을 던졌다.

"요즘 종합주가지수가 얼마입니까?"

"어제 날짜 기준 136.73으로 마감되었습니다."

"주가지수가 지금 100단위죠?"

"그렇습니다."

"그것이 천 포인트까지 상승한다면 믿겠습니까?"

"설마 그 정도까지 상승하겠습니까?"

홍 사장의 회의적인 반응에도 태호는 더 부언하지 않고 빙긋 웃으며 말했다.

"내 예지능력에 대해 들어보았는지 몰라도 단언컨대 천 포인트까지 상승합니다. 그것도 지금부터 5년이 채 안 걸릴 것입니다. 내년이면 주가가 꿈틀거리기 시작해, 89년이면 주식 광풍이라는 단어가 어울릴 정도로, 국민 모두가 주식에 관심을 갖고 참여하는 사람도 많아질 것입니다. 그러나 90년 초 천 포인트를 찍었다 싶은 순간, 주가지수는 그야말로 급전직하, 큰 폭으로 빠질 것입니다."

여기서 일단 말을 끊고 세 사람을 새삼 둘러본 태호가 종국에는 홍 사장을 정시하며 말했다.

"그러니까 내 예언을 믿고 주식을 그대로 운용하세요. 내년, 아니, 지금부터라도 우량주 중심으로 서서히 매집을 시작하세요. 그렇게 해 89년 말 천 포인트에 근접할 때, 아니 900 시점부터 빠른 속도로 처분을 하세요. 이를 위해 나는 회장님과 논의하여 우선 증권사에 천억 원 이상을 운용 자금으로 넣을 것입니다. 알겠습니까?"

"감, 감사합니다. 그리고 부회장님의 운용 지침 그대로를 충실히 이행하도록 하겠습니다."

"또 한 가지. 우리 그룹의 미공개 회사를 주가가 정점을 찍기 전 모두 공개할 예정이니, 그에 대한 준비도 철저히 해주시기 바랍니다."

"네, 부회장님!"

"자, 지금까지 한 제 말 명심하시고, 앞으로 더욱 열심히 일 해주실 것을 다시 한번 부탁드리겠습니다. 아니면 그 부문은 아예 그룹에서 지워 버릴 것이니 명심하시기 바랍니다."

"네, 부회장님!"

"자, 제 얘기는 여기까지입니다. 하실 말씀 있으면 하세요."

이후 세 사람이 돌아가며 이야기를 했으나 크게 중요한 이 야기는 아니었다.

*   *   *

이들과의 면담이 끝나자 태호는 곧바로 이 회장을 찾아갔 다. 생각이 일면 바로 실천에 옮기는 것이야말로 태호가 추진 력 있다는 소리를 듣는 비결이었다. 아무튼 이 면담에서 태호 는 지금껏 은행에 있던 그룹의 여유 자금을 모두 증권사로 이 동시키기로 했다.

그렇다고 여유 자금 모두를 일시에 주식을 매입하는 것은 아니므로 긴급 자금 필요시 대처를 못 할 염려는 없었다. 아 무튼 그런 돈이 천억 원이 넘었다. 도곡, 목동 등의 땅을 처분 한 돈도 있고, 태호 입사 후 하는 사업마다 큰 폭의 흑자를 냄으로써 쌓인 돈이었다.

아무튼 이 결정 후 태호는 또 곧바로 김재익 사장을 만나

서귀포 호텔 건설을 삼원건설이 맡을 수 있도록 협조 요청을 했다. 물론 이 회장을 만나 그 자리에서 허락받을 수도 있는 일이었다. 그렇지만 태호는 절대 그렇게 하지 않았다.

당연히 주무 사장이 있는데 그를 배제시키고 둘이 상의해 처리한다면 김 사장이 의욕을 잃을 것이기 때문에 그부터 먼저 상의를 한 것이다. 아무튼 태호의 협조 요구에 김 사장은 긍정적으로 답했고, 훗날 설계 도면이 나오자 실제 그대로 이행이 되었다.

이것은 훗날의 일이고 그로부터 며칠 지나지 않아 태호의 신변에 몇 가지 변화가 생겼다. 사옥 18층에 두 개의 부회장실이 그야말로 크고 럭셔리하게 꾸며져 태호와 김재익이 입주하게 되었다.

또 하나의 변화는 태호의 지시 외에도 이 회장의 특별 지시로 총 36명의 경호원을 더 채용하여 각각 20명씩의 두 사람에게 배정된 사실이었다. 물론 태호에게는 기존에 있던 경호원 포함하여 20명이었다.

아무튼 태호는 이를 한 조 5명씩 4개 조로 나누어, 주야 각각 12시간씩 근무케 하고, 넷째 날은 돌아가며 휴식을 취할 수 있도록 조처했다. 이 과정에서 태호는 윤정민을 경호차장으로 승진시켜 총책임을 지도록 했고, 먼저 뽑았던 장인애, 최정태, 김진호를 과장으로 승진시켜 한 조를 책임지도록 했다.

특히 장인애 조는 5명 모두를 여자만으로 선발하여, 태호 부부가 살고 있는 집을 경호하고, 효주에게도 상시 2명이 배정되어 경호토록 조처했다.

이 밖에 태호와 김재익 모두에게 이 회장이 직접 주문한 그라나다 승용차가 나와 배정되었다. 이런 가운데 태호는 주말을 맞아 시승식을 핑계로 효주를 태우고 청주로 향했다. 태호가 직접 운전대를 잡고 있었고, 오늘의 낮 경호조인 윤정민 차장 조 외에, 효주의 경호원 두 명도 함께 경호에 임하고 있었다.

총 7명의 경호원이 차량 두 대에 나누어 타고 경호에 임하고 있는 것이다. 아무튼 태호가 운전하는 그라나다는 대형 세단답게 넓은 실내공간은 물론 6기통에 고출력이라 기존의 태호가 타던 포니와는 비교할 바가 못 되었다.

이에 태호가 조수석에 앉은 효주에게 물었다.

"승차감이 어때?"

"확실히 고급 차라 그런지 몰라도 전에 타던 포니와는 비교 불가네요."

"값은 적어? 이게 처음 나올 때인 75년인가 76년인가는 천만 원 정도를 호가하니 서울의 웬만한 아파트 한 채값과 맞먹었다고."

"지금은 그 돈 갖고 아파트 한 채는 어림도 없을 걸요."

"물론이지. 그동안 부동산은 최소 배 이상이 뛰었는데, 공산품이야 어디 그래? 조금 올리는 데 그쳤으니 상대가 안 되지."

효주가 말없이 고개를 끄덕이는데 태호가 갑자기 시선을 뒤로 돌리더니 비서실 부장 김병수에게 물었다.

김병수는 태호가 오늘 특별히 지명하여 동승을 명한 까닭에 어쩔 수 없이 뒷자리에 타 시종 안절부절 편치 않은 자세를 유지하고 있었다.

상석인 뒷자리에 앉은 것도 모자라 좌우로 윤정민 및 장인애 경호관이 앉아 있으니, 비록 둘 다 연상이지만 미인들의 지분 냄새에 취했는지, 시종 안절부절 불안정한 상태를 노정하고 있는 것이다.

"고향이 어디야?"

"울산입니다."

"울산이 다 집은 아닐 테고."

"반구동입니다."

"차는 있어?"

태호는 그가 대학 후배인지라 어느 순간부터 사석에서는 거침없이 말을 놓고 있었다.

"없습니다."

"월급이 꽤 될 텐데."

"사실 제가 장남이라 제 월급으로는 다섯 명의 동생 가르치기에도 급급합니다. 그래서 보다 월급이 많은 삼원그룹에 입사를 한 것이기도 하고요."

"부모님은 무슨 일을 하시나?"

"울산 미포조선소 하청 공장에 다니십니다."

"그렇군. 장가도 가야 하지 않나?"

"어림도 없는 일입니다. 동생들 어느 정도 가르치면 그때 가서 생각해 보겠습니다."

"우애가 남다른 사람이군."

태호의 말에 가볍게 낯을 붉히는 그였다. 태호가 이렇게 김병수에게 질문을 던지는 데는 나름 속셈이 있었다. 바로 밑의 여동생 경순과 맺어줄까 하는 마음이 있기 때문이었다.

경순은 올해 충북대학교에 입학하여 다니고 있는 중이었다. 남동생 성호 또한 군대에서 제대하여 얼마 전 청주에 한 개의 매장을 오픈한 바 있었다. 곧 삼원에서 프랜차이즈사업으로 치킨 외에 새롭게 시작한 패스트푸드점으로, 삼원유토피아의 가맹점이 된 것이다.

삼원유토피아는 햄버거, 감자튀김, 도넛, 커피 등 다양한 간단 요리 제품을 취급하고 있었는데, 성호는 청주에서 가장 번화가인 본정에 이 가맹점 문을 연 것이다. 이를 위해 태호는 논현동 집을 팔아 점포를 얻고 설비를 갖추는 데 투자했다.

그리고 집은 태호가 탄 정기적금까지 보태, 집값이 상대적으로 헐한 모충동에 단독주택 하나를 사 그곳에서 생활하고 있었다. 아무튼 이런저런 대화 속에 차는 어느덧 톨게이트를 지나 청주 공단 내로 진입하고 있었다.

기왕 내려온 김에 이곳에 건설 중인 반도체 및 컴퓨터 공장을 둘러보기 위함이었다. 아무튼 태호가 현장에 도착해 보니 토요일 오후임에도 불구하고 많은 사람들이 열심히 일을 하고 있었다.

2년 내 라인 가설까지 끝내라는 태호의 특명에 모두 비지땀을 흘리고 있는 것이다. 아무튼 태호가 차에서 내려 간이로 지은 현장 사무소로 향하는데 달려오는 사람이 있었다. 문창수 부사장이었다.

"부회장님 승진을 축하드립니다."

"고생이 많소. 공사는 얼마나 진척되었지요?"

"65% 정도 진행되었습니다."

"2년 내 건설이 가능한 것이죠?"

"최선을 다하고 있습니다."

"최선 가지고는 안 되고 꼭 마치시오."

"네, 부회장님!"

이후 태호는 현장 사무실에 들러 헬멧을 쓰고 문 부사장의 안내로 현장을 한 바퀴 둘러보았다. 그리고 공금의 일부를 현금으로 찾아 회식이라도 하라고 금일봉을 건네주고 그 자리를 떠났다.

그리고 태호가 찾아간 곳은 본정 큰 대로변에 위치한 청주 극장 부근의 성호가 운영하는 사업장이었다. 태호가 일행과 함께 1층에 위치한 패스트푸드점에 들어서니, 마침 카운터에 앉아 있던 경순이 달려 나와 반갑게 맞았다.

평일 밤은 물론 토요일 오후부터는 전적으로 이 가게에 출근하여 동생 성호를 도와주고 있는 경순이었다. 아무튼 태호의 출현에 경순은 물론 손님 중 여고생 일부가 사인을 받겠다고 달려드니 모두의 시선을 모았다.

그러나 이를 마뜩치 않은 표정으로 바라보는 여인이 있으니 효주였다. 그런 줄도 모르고 태호가 여고생들에게 사인을 끝내고 돌아서는데, 마침 동생 성호가 헬멧을 쓴 채 들어오고 있었다.

"안녕하세요? 형님, 형수님!"

"네."

효주가 반갑게 대답하는데 태호는 인사도 받지 않고 퉁명스럽게 물었다.

"어디 갔다 와?"

"배달하고 오는 중입니다."

"배달도 해?"

"가까운 곳은요."

"직접?"

"네."

"그런 정신이면 됐다. 사장이랍시고 회전의자나 빙빙 돌리고 앉아 있으면 바로 사업 때려치우라 하는 것인데, 네 정신 상태를 보니 앞으로도 잘되겠다."

모처럼 형의 칭찬에 성호가 겸연쩍게 웃는데 효주가 말했다.

"모두 서 있지 말고 저쪽에 앉아요. 기왕 왔으니 팔아주고 가야죠."

"그러지 않으셔도 됩니다. 형수님! 장사가 제법 잘됩니다."

"도련님은 팔아주는 게 싫으세요?"

"그건 아닙니다만."

어쨌거나 효주의 독촉에 일행은 가게 한가운데에 위치한 두 테이블에 나누어 앉았다.

이상하게 우리나라 사람들은 구석부터 앉는 경향이 있어 한가운데가 비게 된 것이다.

"주문받아!"

큰 소리는 태호가 쳤다. 한 옆에 우두커니 서 있는 경순을 손짓으로 부르며 큰 소리를 낸 것이다.

"네."

수줍게 답하고 오는 경순을 뚫어지게 바라보는 사람이 있었다. 김병수였다. 이를 은근 슬쩍 곁눈질로 바라보던 태호는 내심 '됐다!' 소리를 연발하고 있었다. 그러는 동안에도 각자 주문을 하는데 그 종류가 다양했다. 그래서 태호가 빽 소리쳤다.

"모두 한 가지로 통일해. 여기서 제일 잘나가는 게 뭐야?"

동생 성호가 황급히 답했다.

"불고기 버거입니다."

"그걸로 하나, 둘… 11개 하고, 각자 콜라 한 병씩."

이에 효주가 급히 나섰다.

"우리 일행은 아홉 명인데요."

"우리만 입이야. 모처럼 형수가 사는데 시누이와 시동생도 하나씩 사주어야지. 아, 아니다. 여기 종사하는 사람이 몇이지?"

"여섯 명입니다."

"그 사람들한테도 하나씩 돌려."

이에 성호가 효주에게 물었다.

"그래도 되겠습니까? 형수님!"

답은 엉뚱하게도 태호가 했다.

"네 형수, 부자인 거 몰라?"

효주는 어이없는 웃음으로 승복할 수밖에 없었다.

"참 내……!"

매장이 소란스럽자 몇몇 손님이 눈살을 찌푸리더니 빨리 먹어 치우고 계산대로 향했다. 어떤 손님은 먹던 것을 포장해 달라고까지 하며 나갔다. 덕분에 두 테이블이 추가로 비었다.

머지않아 주문한 불고기 버거와 콜라가 나오자 태호는 두 동생도 합석을 시켰다. 그리고 두 동생을 일행 모두에게 소개를 시켰다. 그리고 시선이 집중되도록 경순에게 물었다.

"중간고사가 언제지?"

"한 3주 정도 남았어요."

"장학금은 못 타더라도 꼴찌는 하지 말아야지."

태호의 말에 경순이 얼굴을 붉히며 항변했다.

"그 정도는 아니에요."

"잘하란 소리지. 참, 막내 승호 이놈은 왜 안 보여?"

"고향 집에 갔을 겁니다. 형님! 기특하게도 토요일만 되면 집안 일손 돕는다고 꼭 가거든요."

막냇동생 승호는 전에는 공부 좀 하는 것 같더니, 고등학교 들어가서는 나쁜 친구들과 어울렸는지 영 성적이 신통치 못해, 이곳에 소재한 청주대 경영학과에 들어간 바 있었다. 올해 벌써 2학년이었다. 그러니까 평소 태호가 사준 모충동 집에는 세 동생이 함께 생활하고 있는 것이다.

아무튼 잠시 후 모두 먹고 마시자 태호가 말했다.

"오늘 부사장님께서 한턱을 쏘셨는데, 더 높은 부회장이 안 쏜다면 말이 안 되지. 그러니까 경순아!"

말끝에 벌써 먹고 카운터에 가 있는 동생을 부르는 태호였다.

"네, 오빠!"

"너도 따라와."

"어디 가는데요?"

"아주 이젠 많이 컸는데! 오라비 하는 말에 토를 달아?"

이를 받아 효주가 말했다.

"독재자의 모습은 여전하군요."

"그런가? 아무튼 따라와."

"네."

마지못해 동생이 대답하는데 태호가 말했다.

"2차로 어딜 가느냐 하면 초평이다, 초평! 초평 가서 그 유명한 붕어찜을 먹는 것이지."

이 말을 들은 윤정민이 나섰다.

"그렇게 되면 좌석이 한 개 모자랍니다."

"그래요? 그럼 택시 부르지, 뭐. 아, 아니다. 건설 현장에 들러 윤 부사장도 데리고 가지. 고생하는데 위로도 할 겸."

"알겠습니다."

이렇게 되어 효주가 계산을 마치자 경순까지 따라 나서게 되었다. 물론 공단까지는 택시 하나를 불러 경순을 태워오게 했다.

아무튼 건설 현장에서 윤 부사장을 불러 그의 차까지 동원한 태호는 윤 부사장의 차에는 장인애를 타도록 하고, 경순을 김병수와 뒷좌석에 나란히 타게 하니, 그제야 뭔가 감을 잡았는지 효주가 초평에 도착해 차에 내리자마자 소곤거렸다.

"당신, 혹시 김병수를 매제감으로 찍어놓은 거예요?"

"응."

"참 내……!"

"왜?"

"아가씨에 비하면 인물이 너무 빠지잖아요?"

"머리는 내 동생이 빠지는데."

"참 내……!"

태호의 대답에 연신 어이없다는 표정을 지을 수밖에 없는 효주였다.

아무튼 초평의 한 음식점에 들러서도 태호의 집요한(?) 노력은 계속되었다. 경호원까지 계속 함께하니 사람 수가 있는지라 세 테이블로 나누어지게 되었는데, 태호와 효주의 자리에는 김병수와 경순 그리고 윤 부사장만 동석을 시킨 것이다.

아무튼 이런 자리 배치 속에 붕어찜 3개와 도리뱅뱅이 2개 그리고 소주를 주문한 태호는, 아직 본 음식이 나오기도 전에 밑반찬과 함께 소주가 나오자마자 병을 들더니 차례로 두 사람에게 따라주었다. 문창수와 김병수에게였다. 그리고 자신의 잔에도 스스로 따르려는데 효주가 말했다.

"비서실 회식 끝난 후로는 안 마시는 것 같더니, 또 술이에요?"

"기호 식품이잖아."

"참나……! 담배도 끊어요."

"하루에 열 개비도 안 피운다고."

"모두 건강에 해로우니까 드리는 말씀이잖아요."

"이것저것 다 신경 쓰다간, 제 명에 못 죽어."

이 말에 남이 보거나 말거나 효주는 과감히 태호의 무릎을 살짝 꼬집었다. 이에 과장되게 소리를 지르는 태호였다.

"아야야……!"

이에 함께한 모든 사람들이 폭소를 터뜨리고 효주는 얼굴이 벌게져 태호를 흘겨보며 말했다.

"밤에 보자고요."

"밤이면 더욱 좋지."

이 말에 더욱 얼굴이 붉어지며 황당한 표정을 감추지 못하는 효주였다. 이렇게 시작된 회식이 마무리되어 갈 때쯤이었다. 태호가 김병수를 향해 노골적으로 물었다.

"내 동생 어때?"

"미인이십니다."

"그뿐이야? 사내라면 용기가 있어야지."

태호의 말에 자극을 받았는지 김병수가 씩씩하게 답했다.

"사귀고 싶습니다."

"그럼, 직접 전화번호 따."

"아, 네."

대답은 냉큼 했으나 다음 말을 꺼내는 데 병수는 한참이 걸렸다.

"혹시 전화번호 알려주실 수 있습니까?"

"연애는 젬병이겠군."

태호의 말에 모두 손으로 입을 가리며 웃음을 참는 가운데 경순이 조그마한 목소리로 답했다.

"적으세요."

"부르기만 하십시오. 다 기억합니다."

"0431."

"네."

여기서 경순이 태호의 눈치를 한번 보더니 태호가 재촉하는 표정을 짓자 나머지 번호를 알려주었다. 물론 주택의 전화번호였다.

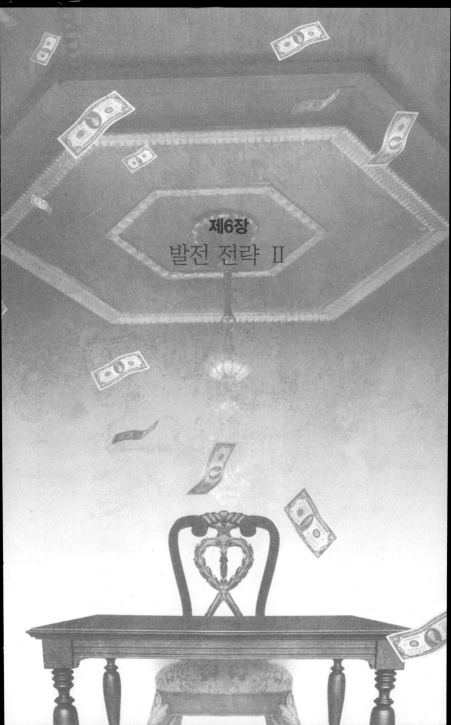

제6장

발전 전략 Ⅱ

태호가 청주에 다녀온 다음 주 월요일 오전 10시.

　태호는 자신의 방에서 긴장된 표정으로 전화기를 들고 있었다.

　"아, 김태호 사장이요?"

　"부회장으로 승진했습니다, 각하!"

　"하하하! 참으로 축하할 일이로군. 늦었지만 축하하오."

　"감사합니다. 각하! 어려운 부탁이 하나 있어 전화를 드렸습니다."

　"뭔데 그러오?"

"지난번에 넘겨주신 국제건설이 영 엉망입니다. 일감이 없습니다."

부실한 회사를 넘겨주었다는 원망의 말로 들었는지, 대통령 전두환의 목소리가 퉁명스러워졌다.

"그래서, 나보고 일감을 내놓으란 거야, 뭐야?"

"그건 아닙니다만, 시화호 간척사업에 저희 그룹도 한자리 끼워주시면 안 될까 하고 어려운 청을 드립니다."

"음……! 그 문제는 내 정확히 모르니 관계 장관을 불러 물어보고 답을 주겠소. 그러니 저녁 먹지 말고, 거 있지 경제수석 김재익."

"네, 각하!"

"보고 싶으니 함께 들어와요."

"감사합니다, 각하!"

곧 전화를 끊은 태호는 깊은 한숨을 불어냈다.

* * *

저녁 6시 30분에 김재익 사장과 함께 검색대를 통과한 태호는 상춘재(常春齋)에서 하염없이 한 사람을 기다리고 있었다. 둘이 기다림에 지쳐 안을 서성거리는데 밖에서 들려오는 목소리가 있었다.

"대통령 각하 입장하십니다."

태호가 전혀 딴짓을 안 한 사람처럼 급히 식탁에 가 앉는 것을 본 김 사장이 빙긋 웃으며 말했다.

"일어나 맞는 것이 예의 아니겠소?"

"그렇군요."

그룹 하나 날리는 것은 하루아침 해장거리도 못 되는 사람을 만나려니, 태호는 유난히 긴장이 되어 바보 같은 행동을 하고 있었다.

곧 머리 벗겨진 사람이 들어와 호탕하게 말했다.

"아, 오래 기다리게 해서 미안하이. 뭔 놈의 일이 그렇게 많은지. 웬만한 체력으로는 대통령 자리 버텨내기 힘들 거야."

그동안 정중히 고개를 조아린 두 사람이 고개를 들자 전 통이 자리를 권했다.

"앉지."

"네, 각하!"

두 사람의 대답은 듣는 둥 마는 둥한 전 통이 수행해 온 비서관을 향해 말했다.

"자네는 준비된 음식 내오라 하고."

"네, 각하!"

곧 두 사람을 번갈아 보던 전 통이 김재익에게 시선을 멈추더니 말했다.

"어째 청와대 있을 때보다 더 마른 것 같아. 삼원에서 너무 부려먹는 거 아니야?"

끝의 삼엄한 시선이 태호에게 향하자 움찔한 태호가 답을 하려는데, 김 사장이 나섰다.

"민간 기업이 몇 배는 더 뜁니다. 그리고 보면 기업하는 모든 사람들에게 상을 주어야 마땅할 것 같습니다."

"그래? 더 부려먹을 걸 그랬나? 하하하!"

전통이야 스스로 말해놓고 스스로 대소를 터뜨리고 있지만 둘은 그렇게 방자하게 굴 수 없어, 웃을 듯 말 듯 미묘한 표정을 연출했다.

"그건 그렇고. 자네가 부탁한 시화호 간척사업 건 말이야."

대통령의 입에서 관심 분야가 언급되자 태호는 자신도 모르게 당겨 앉으며 답했다.

"네, 각하!"

"삼원까지는 끼워줘도 되겠다는 답변을 들었어."

"감사합니다, 각하!"

태호가 급히 머리 숙여 답하다가 하마터면 머리가 식탁에 닿을 뻔했다. 이 모습에 기분이 좋은지 껄껄거리던 전 통이 다시 입을 떼었다.

"나도 부탁을 하나 하지. 반도체에서 손을 뗄 수 없나? 잘 알다시피 정부에서는 계속 산업합리화 방향의 일환으로 부실

기업을 통폐합해 오고 있잖아. 하니 반도체사업이야말로 거금이 투자되어야 한다는데, 부실화되지 않겠냐 말이야?"

이에 내심 대경실색한 태호가 급히 답변에 나섰다.

"저희 지분은 1%밖에 되지 않는, 그야말로 인건비 따먹기 사업입니다, 각하!"

"그렇다면 큰 문제가 되지는 않겠군."

그래도 못 미더운지 김 사장이 나섰다.

"어느 분야든 경쟁을 시켜야 합니다. 독점은 정말 위험합니다. 그리고 이젠 우리나라도 기존의 낮은 인건비를 이용하는 사업보다도, 최첨단 업종인 반도체 같은 분야로 진출해야만 미래 3~40년을 끄떡없이 버틸 수 있습니다."

"그런가?"

"네, 각하!"

"좋아! 그렇다니 내 걱정을 않기로 하지."

이때 때맞추어 음식이 나오기 시작했으므로 셋은 식사에 열중하기 시작했다.

태호는 오길 잘했다고 내심 생각했다.

그로부터 이틀 후.

아침 일찍 일어나 평소 규칙대로 간단한 운동을 하고 조간신문을 펼쳐든 태호는 '시화지구 간척사업 본격 추진'이라는 타이틀 기사 아래 다음과 같은 기사를 보았다.

<총 사업비 7,911억 원으로 국내 건설 사상 단일 공사로는 최대가 될 시화지구 간척사업 12.4㎞의 방조제 건설은 공개 입찰하기로 하고, 나머지 해안 매립 등의 간척사업은 중동에서 철수하는 업체를 우선 배정하기로 했다. 이에 따라 8개 사가 선정되었고, 그 업체로는 삼원건설, 삼익, 우창, 코오롱건설 등 등이다. 우선 1단계로 방조제와 693만 평의 공업단지 조성사업이 보상이 완료되는 대로 착수할 예정이다.>

태호는 기사를 읽고 나서야 자신들이 참여할 사업이 방조제 건설이 아닌 해안 매립 등의 간척사업임을 알았다. 이는 곧 방조제 축조 공사 공개 입찰에 참여할 기회가 아직 남아 있다는 이야기임에 따라, 출근하자마자 부회장실로 건설의 강동철 사장을 불러들였다.

위에 기술한 대로 강동철이 아직 건설의 사장이었다. 이 회장은 태호 자신이 금번에 인수한 세 곳의 사장을 겸임하길 바랐다. 하지만 태호의 생각은 달랐다. 사기 진작 차원에서라도 자신은 부회장에 머물고, 이들을 그대로 그 자리에 남겨주길 청원하니, 이 회장 또한 그의 의견에 따른 결과였다.

아무튼 태호가 비서실에 지시해 강 사장을 호출하라 이르고 여타 결재 서류를 검토하고 있는데, 잠시 후 인터폰이 미약하게 울렸다. 받아보니 계소연 양의 음성이었다.

"강동철 사장 오셨는데요. 들어가라 할까요?"

"네. 들여보내요."

"네에."

곧 노크 소리와 함께 강 사장이 밝은 얼굴로 들어왔다.

"부르셨습니까? 부회장님!"

"거기 앉아요."

소파에 강 사장을 앉도록 한 태호 또한 집무용 책상을 벗어나 소파로 향했다. 곧 그의 맞은편에 앉자마자 태호가 거두절미하고 물었다.

"오늘 조간신문 보셨습니까?"

"시화호 간척사업 건 말입니까?"

"네."

"보고 깜짝 놀랐습니다. 어떻게 우리 업체가 참여하게 되었는지."

강동철 사장의 말에 태호가 답을 않고 빙그레 웃고만 있자. 감을 잡은 강 사장이 말했다.

"다 부회장님의 작품이었군요."

"나만이 아닌 김재익 부회장님도 애 많이 쓰셨습니다."

"어떻게 되었든 두 분의 공로로 우리가 그 사업에 참여할 수 있다니 천만다행입니다. 그런데 기사 내용을 읽어보니 제방 공사 공개 입찰에 참여할 기회가 아직 남아 있던데 참여해야죠?"

"당연하죠. 지금부터 철저히 준비해 단군 이래 최대 공사에 우리가 더 많이 참여할 수 있도록 해야죠."

"네, 철저히 준비하도록 하겠습니다."

고개를 끄덕인 태호가 물었다.

"서귀포 호텔 공사는 어찌 되고 있습니까?"

"아직 설계 중입니다만, 우선 중동에서 철수하는 일부 장비를 그쪽으로 들이도록 지시해 놓았습니다."

"좋습니다. 한데 지난번 내가 말한 해외 공사 수주 대책은 세웠습니까?"

"부회장님의 지시를 듣고 사장 직속으로 아예 수주 전담반 2개 조를 편성하여 상시 운영하기로 했습니다."

"잘하셨습니다."

"그런데 문제는 우리 업체가 단독으로 응찰할 수 있는 건이 기술력 부족으로 인해 얼마 없을 것이라는 점이죠. 그래서 저는 이를 보완하기 위해 해외 유명 건설사와 컨소시엄을 형성해 공동 응찰에 나서서, 우리가 할 수 있는 부분만 하려 합니다. 또 해외 유명 건설사의 하청도 적극 추진할 생각입니다. 물론 적정 이윤이 보장되는 선에서 수주해야겠지요."

"올바른 방향입니다. 한데 한 가지 의문이, 전에는 그런 노력을 하지 않았습니까? 그렇게 되었다면 이 지경에 이르지는 않았을 것 같은데."

"2년이라는 세월이 길다면 길지만 어떻게 보면 굉장히 짧은 시간이기도 합니다. 변명 같지만 저는 굴러온 돌이었습니다. 한데 박힌 돌들이 똘똘 뭉쳐 저에게 대항하니, 할 수 있는 일이 별로 없었습니다. 부끄럽습니다."

"흐흠……!"

침음하며 잠시 생각에 잠겼던 태호가 입을 열었다.

"이렇게 합시다. 강 사장님의 사직원만 내가 갖고 있고, 아니, 지금 즉시 반려하겠습니다. 하고 나머지 임원들의 사직원은 모두 강 사장님께 맡기겠습니다. 따라서 한 번의 기회가 더 주어졌는데도 반성치 않고, 여전히 무사안일에 빠져 방종하게 구는 임원이 있다면, 이번 기회에 모두 쳐내십시오. 알겠습니까?"

"감사합니다, 부회장님!"

고개 숙여 진정으로 감사를 표하던 강 사장이 다시 고개를 들 때는, 어느덧 눈시울이 붉어져 있었다. 진정 감격한 표정이었던 것이다.

그런 그를 넉넉한 웃음을 지으며 바라보던 태호는 곧 인터폰으로 비서실장을 호출해, 진짜로 강 사장의 사직원을 그가 보는 앞에서 쭉쭉 찢어 쓰레기통에 버렸다. 이렇게 해 철저한 심복 하나를 얻은 태호는 그를 내보낸 즉시 삼원상사의 김 사장을 호출하도록 비서실에 지시했다.

머지않아 김현구 사장이 도착하자 태호는 그의 맞은편에 앉아 질문을 던졌다.

"문제점은 없습니까? 애로 사항이라든지."

"있습니다. 사무실 문제입니다. 본사 총무이사의 지시는 이 사옥 내에 비좁은 공간만 배정해 주고, 모두 옮기라 하는데 그러기에는 우리의 인원수가 너무 많습니다."

"건설 쪽은 그런 문제를 제기하지 않던데요?"

"건설이야 대부분 현장에서 살다시피 하니 문제가 덜 되지만, 아무래도 우리는 사무실 상주 인원이 그보다는 많다 보니……."

"흐흠……!"

잠시 생각에 잠겼던 태호가 말했다.

"일단 알겠습니다. 그 문제는 내가 회장님과 협의하여 풀 테니, 내가 지시한 대로 빠른 시일 내에 체제 개편을 끝내고, 본격적인 수주 활동에 돌입하도록 하세요."

"네, 부회장님!"

곧 그를 내보낸 태호는 이번에 인수해 삼원증권으로 개명한 옛 동양증권에 대해서도 생각해 보았다. 그들은 건설이나 상사와 같이 국제빌딩 내에 있었던 것이 아니라, 별도의 건물 3개 층을 세 들어 영업을 영위해 오고 있었다.

그러던 것을 삼원그룹 사옥에 기존 임원급 이상만 임시로 입주해 있다가, 증권을 제외한 상사와 건설 직원 모두를 금번에 모두 사옥 내로 이주하라는 명이 떨어진 모양이었다. 그런데 그 배정 공간이 적은 게 말썽이 되고 있었다.

여기까지 생각한 태호는 안 되겠다는 생각에 자리에서 일어나 곧장 회장실로 향했다. 곧 비서실에 도착한 태호는 회장의 부재 유무를 물어 계시다는 말에 노크를 하고 안으로 들어갔다.

"아니래도 부르려던 참이었어."

"네?"

"오늘 조간신문을 보니 우리 업체가 간척사업에 포함이 되어 있더군. 자네 작품이지?"

"저와 김 사장이 했습니다만, 결과를 알 수 없어 미처 보고드리지 못했습니다. 다행히 결과가 좋게 나와 보고드리려던 참이었습니다."

"하하하! 요새 같으면 자네 덕분에 우리 그룹이 존재한다고 봐도 과언이 아니야."

"과찬의 말씀이십니다."

겸양한 태호가 곧 온 목적을 이야기했다.

"상사와 건설의 직원 전체가 사옥 내로 이주하는 데 문제가 있는 것 같습니다."

"아, 그 문제 말인가? 나도 총부이사에게 보고를 받고 상의한 적이 있어. 좀 비좁다고 하지?"

"네, 회장님!"

"내가 그렇게 지시한 사항이야. 좀 복작거릴지 몰라도 새로 사옥 하나를 짓는 것은 별개 문제라 생각했기 때문이야. 옛말에 '대목이 제 집 지으면 망한다'는 속설이 있듯이 웬만하면 견디라 한 거야."

"그렇게 되면 아무래도 능률이 떨어질 겁니다. 거기에 증권도 세 들어 사는 입장이고, 철수하는 전 국제건설의 직원들에게 서귀포 호텔 건설만 맡겨서는… 제 판단입니다만 인력이 남아돌 것 같습니다."

"오늘 보도와 같이 자네가 딴 시화호 간척사업도 있잖아?"

"그것이 정부 말로는 내년부터 시행한다고 하는데, 제 판단으로는 보상비 문제가 얽혀 내년에 착공하기는 힘들 것 같습니다. 또 방조제 축조 공사에도 응찰은 하겠지만, 그것은 운에 맡길 수밖에 없는 노릇이니……."

"결국 자네 말은 사옥을 하나 새로 짓자는 말인데……."

"우리가 사놓은 강남땅에 30층 이상의 고층을 올려, 이 사옥에 들어 있는 사원 전체가 이주하고, 증권 식구, 거기에 여기저기 흩어져 있는 그룹의 방계 회사까지 이전시킨다면, 크게 남을 것도 없을 것 같습니다."

"그건 자네가 하나는 알고 둘은 몰라서 하는 말이야. 이 사옥이야말로 명당에 터를 잡았어. 이 땅을 살 때 풍수까지 보고 산건데, 보다시피 우리 그룹이 번창하고 있잖아. 그러니 이 사옥은 절대 매각할 수가 없네."

"새로 지은 사옥이 남는다면 남에게 세를 줄 수도 있는 것 아닙니까?"

"허허, 사옥 못 지어 안달이 난 사람 같군."

태호의 말이라면 지금까지 모든 것이 오케이더니, 신규 사옥을 짓는 데 있어서만큼은 태호와 생각이 많이 다른 이 회장이었다.

그런 그였지만 장고 끝에 이런 말을 했다.

"자네가 정 그렇게 말하니 일단 다시 한번 검토해 보는 것으로 하지."

"감사합니다, 회장님!"

"다른 문제는 없나?"

"당장 크게 문제되는 것은 없습니다."

"그래, 잘하고 있어. 하지만 달리는 말에 채찍질한다고, 모든 것이 순조롭게 잘 풀릴 때, 항상 위기의식을 갖고 잘해야 돼."

"명심하겠습니다, 회장님!"

대화가 여기까지 진행이 되자 태호는 효주의 임신 문제가 또 거론되기 전에 얼른 인사를 하고 회장실을 나왔다. 임신 문제로 여러 번에 걸쳐 대호는 효주와 상의를 한 적이 있었다.

그러나 효주는 절대 이 사안에 대해서는 양보를 하지 않았다. 조금 더 있다가 아이를 갖겠다 항상 말하니, 태호로서도 이만저만 걱정이 아니었다. 부회장실로 돌아가는 내내 이 생각에 사로잡혀 있던 태호는, 자신의 방에 도착하자마자 전화기를 집어 들었다.

태호는 직접 효주에게 전화를 걸었다. 몇 번의 신호음이 가고 나서 바로 효주가 받았다. 마침 호텔 내 사무실에 있었던 모양이었다.

"여보세요."

"나야."

"네, 여보."

"뭐 먹고 싶은 것 없어?"

"웬일? 혹시 당신 나에게 부탁하고 싶은 것 있는 것 아니에요?"

"절대, 절대, 그런 일 없어."

"그래요? 강조하는 것이 수상하긴 한데… 갑자기 자장면이 먹고 싶은데요?"

"푸하하하!"

"아니, 왜 웃어요?"

"우리나라 7대 재벌의 상속녀가 자장면이 먹고 싶다고 하니 좀 그렇네."

"아니, 부잣집 딸은 자장면 먹으면 안 돼요?"

"물론 그런 것은 아니지만 평소 즐겨하던 음식도 아닌데……."

"당신은 그런 경우 없어요? 전혀 생소한 음식이 먹고 싶을 때."

"물론 있지."

"오늘 내가 바로 그런 경우예요."

"알았어. 알았으니 퇴근 후 바로 덕생원(德生苑)으로 와."

"아, 본사 사옥 맞은편 3층에 있는 그 중국집 말이죠?"

"맞아."

"알았어요. 그 집 정말 맛 좋더라. 다른 집은 좀 단데, 그 집은 이상한 풍미가 있어요. 마치 된장을 장에 섞는지 구수한 맛이 나거든요."

"입맛은 안 죽었네."

"뭐예요?"

"그렇게 발끈할 건 없고, 퇴근 후에 보자고."

"그 전에 하나 약속할 게 있어요."

"뭔데?"

"오늘은 술 안 먹기."

"알았어, 알았으니 끝나자마자 바로 오기나 해."

"네, 여보! 사랑해요!"

"푸하하하!"

"왜 또 웃어요? 내가 먼저 그런 말 하면 안 돼요?"

"백번 환영하지. 그런데 마치 개 입에 상아 돋는 것과 같이 이상하게 들리니 웬일이지."

"제가 그런 말 자주 안 해서 그런가 봐요."

"앞으로는 좀 더 자주해. 그러니까 당신이 더 사랑스러운 걸."

"정말?"

"물론이지."

"알았어요, 여보! 쪽!"

"하하하!"

오늘은 안 하던 짓만 골라하는 효주 때문에 태호가 또 다시 대소를 터뜨리자 효주 또한 키스하는 흉내를 내고는 쑥스러운지 재빨리 전화를 끊었다.

웃음의 여운이 남은 모습으로 태호는 곧 메모된 전화번호 수첩을 뒤적여 덕생원의 특실 하나를 예약했다. 그리고 더딘 시간이 지나 벽시계가 다섯 번의 울림을 시작하자마자 바로 태호는 자신의 방을 벗어났다.

그러자 비서실 직원들의 모든 시선이 태호에게로 쏠렸다. 그런 가운데 계소연 양이 물었다.

"오늘은 벌써 퇴근하시는 거예요?"

"음. 덕생원에서 누굴 좀 만나기로 했어."

"우리도 따라가면 안 돼요?"

"안 돼. 다음에 내 또 한 번 회식시켜 주지."

"네."

곧 비서실을 벗어나 사옥 밖으로 나온 태호는 신호를 받아 곧장 맞은편으로 향했다. 이내 맞은편 도로에 도착한 태호는 꽃 가게에 들러 매장을 살펴보았다. 마음에 드는 꽃이 있었다. 핑크빛 장미였다. 결혼씩 때 자신의 가슴에 패용했던 바로 그 색깔, 그 꽃.

철 이르게 출하된 것을 보면, 아무래도 노지가 아닌 비닐하우스에서 키운 것 같았다. 태호는 이런저런 생각을 하며 화원의 주인이 있는 곳으로 왔다. '꽃집의 아가씨는 예뻐요'라는 노랫말처럼 예쁜 아가씨였으면 좋겠지만, 이 가게 주인은 유감스럽게도 40대 유부녀였다.

"저 핑크빛 장미 주세요."

"몇 송이나 드릴까요? 그보다 실례지만 결혼하셨어요?"

"네. 했습니다."

"그렇다면 네 송이 어떨까요?"

"하필 재수 없게 네 송이입니까?"

"그게 절대 그렇지가 않아요. 꽃을 선물하는 개수에 따라 그 의미가 달라지기도 하는데 들어보실래요?"

"네."

"한 송이는 첫눈에 반했어요. 네 송이는 죽을 때까지 변하지 않는 마음. 50송이는 영원, 99송이는 영원한 사랑. 108송이는 결혼해 주세요라는 뜻이 있어요. 그러니 네 송이만 달랑 선물하는 것보다, 거기에 안개꽃으로 감싸는 것이 더 좋을 것 같아요."

"무슨 의미가 또 있나보죠?"

"안개꽃의 꽃말이 맑은 마음, 깨끗한 마음, 사랑의 성공 등이니, 맑은 마음으로 죽을 때까지 변치 않고 행복한 사랑을 가꾸자는 사랑의 맹세를 전하는 셈이죠."

"참 내……! 아주머니, 장사 잘되시죠?"

"그런 셈이죠."

"이렇게까지 친절하고 박식하게 하시는데, 안 되는 것이 더 이상하죠."

"뭐든지 전문가가 되어야 살아남죠."

"맞는 말입니다. 아주머니 말대로 핑크색 장미 네 송이에다 안개꽃으로 감싸주세요."

"네에."

명랑하게 답한 아주머니는 곧 꽃을 가지러 갔다. 제법 생김도 반반한 아주머니였다. 꽃을 사 들고 밖으로 나온 태호는 바로 옆에 위치한 건물로 이동을 했다. 덕생원은 3층에 위치해 있었는데, 태호는 엘리베이터가 있었지만 계단으로 걸어서 올라갔다.

그가 곧 덕생원에 들어서자 뚱뚱한 오십 줄의 주인아주머니가 반갑게 맞았다.

"어서 오세요, 부회장님!"

"내가 승진된 건 어떻게 아세요?"

"우리 집에 그룹 사원들이 많이 오잖아요. 그들의 대화 중 간혹 부회장님 이야기도 나오는데, 승진하셨다는 말도 있고. 또 그들의 말을 그대로 옮기면, '재수 없는 놈이지만, 말이야 바른 말로, 그 젊은 치 때문에 그룹이 날로 발전한다' 합디다."

"하하하!"

욕까지 그대로 전해주니 어이가 없어 웃던 태호가 물었다.

"예약된 방 누구 받은 것은 아니겠지요?"

"감히 어느 안전이라고 그런 무례한 짓을 하겠어요?"

"나도 농담으로 해본 소리예요."

썰렁한 농담을 던진 태호가 곧장 특실에 들어 20분을 더 기다려서야 효주의 음성이 밖에서 들렸다. 이에 태호는 준비해 온 꽃을 등 뒤에 감추고 문을 열어젖혔다.

곧 나타난 효주가 신발을 벗으며 물었다.

"오래 기다렸지요? 여보!"

"눈 튀어나온 거 안 보여?"

"오히려 들어간 것 같은데요. 여보!"

"그런데 오늘은 아무리 따져보아도 결혼기념일도 누구의 생일도 아닌데 웬일이에요?"

"짜잔……!"

"어머, 여보!"

태호가 갑자기 등 뒤에 감췄던 안개꽃에 감싸인 장미꽃을 내밀자 감격한 효주가 그에게 안겨왔다. 그러던 그녀가 멈칫했다. 그리고 물었다.

"그런데 하필 왜 네 송이예요?"

"다 의미가 있지. 들어볼래요, 여보?"

"네, 말씀해 주세요."

"안개꽃은 맑은 마음. 네 송이는 죽을 때까지 변하지 않는 마음. 그러니까 핑크색 장미의 꽃말을 더하면, 순수한 마음으로 죽을 때까지 변하지 않는 마음으로 사랑의 맹세를 하는 거지."

"어머! 너무 멋지다. 여보! 쪽!"

탄성을 토하며 효주가 안겨오는 것 같더니 갑자기 태호의 볼에 기습 뽀뽀를 했다. 그러자 태호가 말했다.

"기왕이면 입술에 하지."

"그래요?"

효주의 입술이 태호의 입술로 향하자 태호는 그녀를 꼭 보듬어 안고 진한 키스를 퍼부었다. 그러자 그녀의 몸 전체가 허물어지며 스르르 녹아내렸다.

밖에서 뚱보 주인아주머니의 목소리가 들려온 것은 이때였다.

"부회장님!"

깜짝 놀란 둘이 황급히 떨어졌다. 그리고 둘은 아무 짓도 안했다는 양 괜히 옷매무새를 매만졌다. 그때 주인아주머니의 음성이 다시 들려왔다.

"전화받으세요. 비서실장이래요."

"아, 네!"

곧 밖으로 나온 태호는 카운터 위에 놓여 있는 전화기를 집어 들었다.

"무슨 일입니까?"

"회장님이 회장실에서 찾으십니다."

"알겠습니다."

곧장 전화를 끊은 태호는 고개를 갸우뚱하며 중얼거렸다.

"오늘은 왜 아직 퇴근도 안 하시고, 무슨 일이지?"

다시 실내로 들어온 태호는 비서실장의 말을 그대로 전하고 말했다.

"가봐야겠는데."

"그럼, 나는요?"

"혼자 먹고 와."

"혼자 무슨 맛으로 먹어요."

"그럼, 급히 한 그릇씩 먹고 가지."

"그래요."

둘은 상의를 거쳐 특실을 나왔다. 자장면 두 그릇만 먹고 가며 특실을 차지하고 있기에는 미안했기 때문이었다.

곧 홀에서 자장면 두 그릇을 빠른 속도로 비운 둘은 함께 그곳을 나와 효주는 집으로, 태호는 회장실로 향했다. 태호가 회장실 문을 노크하고 들어서니 이 회장은 뒷짐을 진 채 우두커니 창밖을 응시하고 있었다.

"부르셨습니까? 회장님!"

"왔나? 거 앉지."

비로소 등을 돌려 태호의 맞은편 자리에 앉으며 그가 말했다.

"자네가 오늘 사옥을 신축하자는 말을 듣고 많은 생각을 했네. 내가 자네에게 사업을 어떻게 일구었는지 말한 적이 있는가?"

"없습니다."

"나는 사업의 성공 비결로 세 가지를 꼽네. 그것이 뭐냐 하면 운(運), 둔(鈍), 근(根)일세. 내가 제과를 일구고 40대에 시멘트를 인수할 때가 내 사업의 분수령이었지. 당시 인수한 시멘트 공장의 규모가 연산 5만 톤에 종업원은 750명이나 되었어. 자본금은 미화로 300만 달러 정도였고. 그런데 이 300만 달러를 날리는데 10개월이면 족했어. 그래도 나는 포기할 수 없어, 당시 1할에 달하는 고리(高利) 사채를 빌어 힘들게 버텼지만, 상황은 점점 더 악화만 됐어. 왠지 아나?"

"모르겠습니다."

"한마디로 경쟁력이 전혀 없었던 거야. 당시 50kg 기준 시멘트 한 부대에 국제 생산 가격은 67센트인데, 우리는 1달러 82센트에 달했어. 그러니 누가 비싼 우리 제품을 쓰겠나? 결국 이를 타개하는 방법은 설비 확장을 통한 대량 생산으로 규모의 경제를 실현함으로써, 생산원가를 대폭 낮추는 방법밖에 없다고 생각했지. 그래서 나는 무조건 정부에도 매달리고 사채도 끌어다 써, 3차에 걸쳐 연산 100만 톤 규모로 증설을 완료하자, 비로소 국제경쟁력이 생기더군. 이때까지 견디는 과정이 나로서는 참으로 견디기 힘들었어. 종내는 사업이 망할 것이라고 나중에는 사채업자들도 돈을 안 빌려줘. 그래도 나는 확신을 갖고 끝까지 버텨 지금의 시멘트 회사로 일궈냈네. 그래서 말이네만……"

여기서 말을 일단 끊고 태호를 오늘 따라 유심히 바라보던 이 회장이 다시 입을 열었다.

"사업을 하다 보면 시운(時運)이라는 것이 있어. 그런데 자네는 아주 운이 좋은 사람이라고 나는 생각해. 문제는 둔(鈍)인데. 예리(銳利)하다는 말과 상충되는 말이기도 하지. 예리하다는 것은 곧 총명하고 지혜롭다는 뜻이니, 자네가 이에 해당돼. 그런데 자네에게 있어서 문제는 둔이야. 내가 시멘트사업을 할 때 그 어려운 과정을 헤쳐 나간 이야기를 대충 했지만, 그렇게 어려울 때 정말 확신을 갖고 헤쳐 나갈 수 있느냐는 것이지. 자네 스스로 이 부분에 대해 어떻게 생각하나?"

"글쎄요. 그런 부분에 있어서는 제 스스로도 아직은 부족하다고 판단하고 있습니다."

"내가 보기에도 그래. 아직 그런 부분에 있어서 자네를 시험할 기회는 없었지만 말이야. 하여튼 우리 그룹이 요즘 너무 잘나가는 게 나로서는 항상 근심이야. 경계의 대상이라는 말이지. 그래서 사옥 신축도 내키지 않아 했던 거고. 그러나 이제 내 시대는 저물고 자네 같은 젊은 세대의 세상이 되었어. 따라서 일단은 자네 말에 따르기는 하겠네만, 그 전에 지금 현재의 사옥을 어떻게 활용할 것인가에 대한 대안부터 제시해 주게."

"알겠습니다. 회장님! 그런데 근(根)에 대하서는 아무런 말씀이 없으셨는데요?"

"하하하!"

자기 말을 제대로 기억했다가 '근'에 대해 언급하자, 기분이 좋아진 이 회장이 대소 끝에 말했다.

"근은 근성(根性)이라는 말 알지?"

"네."

"그렇게 풀이하면 돼. 만약 사업을 실패했더라도 근성을 살려 다시 오뚝이처럼 일어나는 정신이라고 생각하면 되겠지."

"명심하겠습니다, 회장님!"

"덕생원에 누굴 만나러 갔었다고?"

"집사람입니다."

"효주를 왜?"

"한마디로 가정의 평화를 위해서죠, 뭐. 제가 외식을 먼저 제안했더니 자장면이 먹고 싶다고 하기에 데리고 갔습니다."

"허, 거참. 그 녀석이 자장면을 먹고 싶다고 하다니 별일이네. 애 서나?"

"아닌 것 같은데요."

"그런데 왜?"

태호의 대답이 없자 이 회장이 계속해서 말했다.

"내가 오늘 날을 잘못 잡은 것 같네. 두 사람의 데이트를 방해했으니 말이야."

"아, 아닙니다."

"아무튼 지금과 같이 가정 잘 꾸리고, 우격다짐이라도 애 만들어."

"알겠습니다."

결론은 또 그 이야기로 귀결되자 태호는 얼른 이 자리를 빠져나가고 싶어 몸을 꼼지락거렸다.

이를 눈치 못 챌 이 회장이 아니었다. '그만 가봐'라는 그 한마디에, 태호는 바로 자리에서 일어나 꾸벅 인사를 하고 회장실을 벗어났다. 그러고 나니 무언가 잘못된 것 같아, 다시 회장실로 들어가 물었다.

"퇴근 안 하십니까? 회장님!"

"가야지. 나도."

그도 말과 함께 옷걸이에 걸린 양복저고리를 챙겨 들었으므로 두 사람은 어깨를 나란히 하고 비서실을 벗어났다.

이들의 퇴장에 지금까지 남아 있던 비서실 직원들이 소리 없는 환호성을 질렀음은 당연했다.

가며 이 회장이 물었다.

"나 때문에 저녁도 못 먹었겠네."

"급히 자장면 한 그릇씩 비우고 왔습니다."

"허허, 그래도 챙길 건 다 챙겼네."

태호가 말이 없자 이 회장이 중얼거리듯 말했다.

"우리 때는 자장면 한 그릇도 돈이 아까워 발발 떨고 못 먹었는데 말이야."

말을 하는 그의 시선은 어느덧 들려 있었다. 과거를 회상하는 듯, 추억에 잠긴 그 모습이 오늘따라 쓸쓸하게 보이는 이 회장이었다.

제7장
웅비의 초석 Ⅰ

태호가 집에 돌아오니 효주가 반갑게 맞으며 말했다.

"무슨 이야기인지는 몰라도 바로 결론이 난 모양이네요. 생각보다 일찍 돌아오셨어요."

"지금 사옥이 너무 비좁아 내가 신사옥 건축을 제의했더니 허락하셨어. 그 과정에서 당신의 사업 일구던 때의 이야기도 하셨고."

"또 자전거 행상서부터 시작해 시멘트 이야기죠. 술만 취하시면 이야기하는 통에 어릴 때부터 지겹게 들은 얘기예요."

"자전거 행상 때 이야기는 안 하시던데?"

"시멘트 이야기는 하셨다는 얘기네요. 그리고 운, 둔, 근을 들먹이며 자신의 성공 비결이라고 어쩌고저쩌고."

"장인어른이 아니라 당신한테 들을 걸 그랬군."

"호호호……!"

별로 우습지도 않은 이야기에도 과한 반응을 보인 효주가 태호의 표정을 살피며 물었다.

"자장면 한 그릇으로 저녁이 되겠어요?"

"부족하면 당신이나 더 먹던지."

"나는 됐어요."

"나도 됐어."

"그럼, 일찍 잘까요? 당신한테 꽃을 받을 때부터 이상하게 흥분이 되네요."

"우와~! 당신 굉장히 많이 늘었는데, 과감한 성적 표현을 다하고."

"쳇……! 나 먼저 씻어요."

"알았소."

잠시 후.

두 사람은 태어날 때의 몸이 되어 침대에 나란히 누웠다. 미등만 밝힌 채였다. 반듯하게 누운 효주가 조금 가쁜 호흡을 보이며 말했다. 태호가 그녀를 향해 모로 누운 채, 손바닥을 활짝 펴 그녀의 오디 부분을 가볍게 빙글빙글 돌리는 바람에,

이미 그녀의 오디는 성이 날 대로 나 꼿꼿한 상태였기 때문이었다.

"오늘 당신한테 꽃을 받으니, 그 이듬해 당신이 나에게 망신당한 일이 갑자기 생각났어요."

"그 이야기하지 마."

"왜요? 나는 재미있는데."

이렇게 말한 효주는 태호가 하지 말라는 기억을 되살리고 있었다.

"당신이 처음 꽃을 준 게 내 생일날 요리 학원 다닐 때였죠. 그날이 양력으로는 7월 19일이었고, 음역으로는 6월 8일이었어요."

"자세히도 기억하네."

"여자라는 동물이 그래요. 그렇게 소중한 추억에 대해서는 절대로 잊지 않거든요. 아무튼 그 이듬해에도 당신은 내게 또 꽃을 선물했죠. 그날이 양력으로 7월 19일이었고요. 그런데 나는 음력 생일을 쉬니 그날은 생일이 아니었지요."

"그때야 당신이 음력으로 생일을 챙기는지 양력으로 챙기는지 알 수 없잖아?"

"그래도 감동이었어요. 그래서 나는 그날은 모른 척하고 받고, 훗날 그 이야기를 했더니 당신이 무안해하던 기억이, 오늘 꽃을 받자 갑자기 떠오르네요. 어머!"

태호가 내심 약이 오른 것을 반증하듯 그때부터 효주는 이야기를 하려해도 할 수가 없었다. 태호의 거듭되는 진한 애무에 허덕이느라 도저히 말을 이어나갈 상태가 아니었기 때문이었다.

*　　　　*　　　　*

다음 날.

매일 오전 7시에 개최되는 간부 회의에서 태호는 '친분을 이용한 수출입 물량 물어오기를 무역 파트와 관계없이 전 사적으로 전개하라'는 지시를 내리고, 자신의 방으로 가는데 삼원상사의 김현구 사장이 쫓아왔다.

그런 그를 향해 태호가 물었다.

"무슨 일 있소?"

"보고드릴 일이 있습니다."

"그래요. 내 방에서 이야기합시다."

"네, 부회장님!"

곧 부회장실에서 대좌하자마자 김 사장이 이야기를 꺼냈다. 비서실장 정태화가 배석한 상태였다.

"선박 확보가 용이치 않습니다."

"무슨 소리요. 나라에서는 수출이 예년만 못하다고 비명을 지르고, 우리 그룹 자체 선박도 있잖소?"

"컨테이너선 두 척, 벌크선 2척 가지고는 상선회사라 부르기도 무색합니다. 전의 국제상선은……."

"그 이야기는 됐고. 국제상선에 부탁해 보지 그랬소."

"이미 포화 상태라고 받을 수 없답니다."

"그렇지는 않을 건데… 이상한데? 국제상선을 일한 그룹이 인수했지요?"

"그렇습니다."

"그들이 우리와 무슨 억하심정이 있나?"

"재계에 퍼진 소문으로는 국제그룹 해체 시, 그들이 우리보다 더 많은 기업을 가져갈 줄 알았던 모양입니다. 일부 경쟁하는 품목도 있고요."

"그 따위로 감정적으로 기업 운영을 해가지고는 얼마 못 가지. 암!"

고개를 가로젓던 태호가 다시 말했다.

"그래, 대응책이 뭐요?"

"우리의 물동량이 계속 늘어날 테니, 차제에 해운회사를 더 키우는 것이……."

"그렇다고 상선 부문을 더 키워요? 뭐든지 달려들었다가 세계적인 불황이 오면 어쩌려고 그래요."

"제가 볼 때 우리나라는 물론 우리 그룹도 꾸준히 물동량이 증가할 터. 자체 선사가 아예 없었다면 몰라도, 최소 우리의 수출입 물량이라도 자체 처리하고 싶습니다."

"그래요?"

태호는 고개를 갸웃거리면서도 한번 검토해 볼 가치는 있다 생각하고 말했다.

"이 문제는 회장님과 의논하여 답을 드리도록 하겠습니다."

"네, 부회장님!"

"연구원들을 스카웃하라는 지시는 어떻게 됐죠."

"유럽에서만 30명을 확보했습니다."

"벌써?"

"네."

"잘하고 있군요."

태호의 칭찬에 입이 귀에 걸리는 김 사장이었다. 곧 김 사장이 목례를 하고 나가자 태호는 비서실장을 데리고 김재익 부회장의 집무실로 향했다.

둘의 등장에 조간신문을 읽고 있던 김 부회장이 신문을 치우며 맞았다.

"어쩐 일이오?"

"반도체사업이 어떻게 되고 있는지 궁금해서요. 연구 인력은 많이 충원이 되었습니까?"

"기존 정보원들의 노력에다 상사 직원들까지 가세하는 바람에 이국 쪽만 총 250명으로 늘었소."

"대단한 실적이네요. 한데 그중 귀국을 희망하는 자들도 상당수 있지 않습니까?"

"물론이오. 그 때문에 목하 고민 중이오. 아무래도 실리콘밸리 내에 있는 것이 최신 정보를 획득하는 데는 빠를 것 같은데……."

"국내에서 자체 선발한 연구 인력은 미미한 수준이죠?"

"아직은… 본격적으로 뽑질 않고 유명한 사람들 위주로 선발하다 보니……."

"신사옥을 저는 강남에 33층 정도로 짓고 싶은데, 그렇게 되면 기존 우리가 쓰고 있는 사옥이 텅 비게 되잖아요. 그래서 제 생각으로는 귀국을 원하는 외국의 연구 인력과 국내서도 대규모로 연구 인력을 뽑아, 지금의 사옥을 연구소로 제공하고 싶은데 부회장님의 생각은 어떻습니까?"

"아무래도 그 문제 때문에 고민하고 있는데, 그렇게 되면 나야 더 바랄 게 없지요."

"그럼, 그렇게 하는 방향으로 회장님과 의논을 해보겠습니다."

"그래도 좀 남을 텐데, 나머지 공간은 뭐로 활용하지요?"

"제과는 공장이 여기 있으니 사무 요원도 이곳에 남아야 할 것이고 나머지는 전면 리모델링을 실시해, 연구원들이 가족과 함께 살 수 있도록 꾸미는 건 어떻습니까?"

"그렇게 되면 내 입장에서야 최선이지요."

"그런 방향으로 한번 회장님과 의논을 해보겠습니다."

"고맙소. 내 일까지 신경을 써주니."

"어디 이 일이 남의 일입니까?"

"하하하! 하긴 그렇소."

이렇게 김재익의 동의마저 구한 태호는 8시 업무가 시작되자마자 회장실로 향했다. 태호가 비서실에 들르니 비서실장 오철규가 보이지 않았다. 그래서 여비서 하나에게 물어보니 회장님과 대화 중이라 했다. 그런고로 태호가 비서실에서 잠시 기다리고 있으니 바로 비서실장이 나왔다.

그를 보고 태호가 물었다.

"들어가도 되죠?"

"네, 혼자 계십니다."

이에 태호가 노크를 하니 바로 답이 돌아왔다.

"들어와요."

문을 열고 들어간 태호가 목례를 건네니 이 회장이 말했다.

"비서실장 이야기로는 상사의 수출입 물량이 많이 늘었다 하던데."

"아니래도 그 이야기를 포함하여 보고드리러 왔습니다."

"그래? 거 앉아."

태호가 이 회장 맞은편에 자리를 잡자 그가 물었다.

"이 사옥을 어떤 용도로 사용할 것인지에 대한 구상은 끝났나?"

"네. 김 부회장과 상의한 결과 미국 및 유럽에서 반도체 관련 연구 인력을 상당수 확보했는데, 국내 들어와 연구를 희망하는 인력이 상당히 많은 것으로 파악이 되었습니다. 따라서 그들 모두를 국내로 불러들이고, 또 국내에서도 학사 및 석·박사급 연구 인력을 대거 모집하여, 그들이 가족과 함께 생활할 수 있는 공간으로 꾸미려 합니다."

"반도체나 컴퓨터 등의 관련 연구 인력이지?"

"네. 휴대폰 포함해서 말입니다."

"우리나라 기업 중 연구 인력에 대해 살림집까지 제공할 정도로 대우를 잘해주는 곳이 있나?"

"우수한 두뇌에 한해 그런 대우를 하는 곳은 있으나, 연구 인력 전체를 대상으로 실시하는 곳은 아직 없는 것으로 압니다. 제가 이런 대안을 제시한 데는 연구 직종에 종사하는 사람들의 이혼율이 가장 높다는 보도를 접했기 때문입니다."

"흐흠……! 가정이 안정되어야 사업이든 연구든 제대로 되는 것인데, 그건 좀 문제가 있군."

"제 생각이 회장님 생각과 동일하기 때문에 그런 생각을 하게 된 겁니다."

"좋아. 그 문제는 그럼, 그렇게 처리하도록 하지."

"감사합니다, 회장님!"

일단 감사를 표한 태호가 이번에는 상선 문제를 거론했다.

"비서실장께 보고받은 대로 수출입 물량이 많이 늘어나는 바람에 기존 삼원상선이 소유하고 있는 컨테이너선 2척과 벌크선 2척만으로는 감당 불가랍니다. 그래서 상사의 김 사장은 차제에 상선도 키웠으면 하는 바람을 전하더군요. 이 문제에 대해 회장님 생각은 어떠십니까?"

"나도 상선을 키우고 싶어 판을 벌여놓기는 했으나 자체 물량이라는 것이 과자 부스러기 조금과 벌크선은 제과에 소용되는 밀가루용 밀수입하는 정도면 충분했단 말이지. 그런데 자체 물량도 많이 증가했다니 다시 한번 생각해 봐야 하는 것 아닌가? 우선 용선(傭船)부터 시작하는 것은 어떤가?"

"저도 상선을 키우는 데는 크게 우려하지 않습니다만 용선은 달리 생각해 봐야 할 것 같습니다. 돈 주고 남의 배를 빌려 사용하다가 만약 세계적인 불경기라도 닥치면, 용선료는 용선료대로 나가니 해운회사가 부실화되는 가장 큰 요인이 아닌가 생각하고 있습니다."

"하면 자네 생각은 아예 필요한 선박을 사자는 말인가?"

"그렇게 되면 초기 자본은 많이 투자되겠지만, 부실화될 가능성은 현저히 낮다고 할 수 있습니다."

"흐흠……!"

이 회장이 침음하며 생각에 잠기는 동안 태호가 계속해서 말을 이었다.

"또 물류의 호환성도 있어야 하니, 큰 회사들과 네트워크도 사전에 구축할 필요가 있습니다."

"해운사업을 하려면 그야 당연한 거고. 그러나 저러나 선박을 사야 위험부담이 적은 것은 나도 알지만, 한두 푼이 아니니 결단하기가 쉽지 않군."

"우선 다섯 척만 운항할 수 있는 것으로 사고, 나머지는 해운 경기를 보아가며 선박 발주를 하는 것으로 하면 큰 문제는 야기하지 않을 것 같습니다."

"하하하!"

태호의 말에 이 회장이 갑자기 대소를 터뜨리더니 웃음 끝에 말했다.

"자네가 이렇게 신중론을 펴는 건 처음 보는군."

전생의 끝자락에서 한진이나 여타 해운회사들이 줄줄이 나자빠지는 것을 봤기 때문에, 태호로서도 조심스럽지 않을 수 없었던 것이다. 아무튼 이 회장의 말에 태호가 말했다.

"조심해서 나쁠 건 없다고 생각해서 말입니다."

"그래, 모든 사업에 있어서 신중해서 나쁠 것은 없겠지. 그렇다고 너무 신중하게 처신하다가, 실기(失機)하는 것도 기업인으로서는 좋지 않은 자세지."

"네."

"하면 일단 자네 말대로 매물로 나온 선박 다섯 척을 사서 긴급 투입하기로 하고, 나머지는 해운 경기를 보아가면서 결정하는 것으로 하지."

"감사합니다, 회장님!"

"말이 나온 김에 자네가 상선도 맡아."

"네?"

"신중하게 처신하는 것을 보니, 최소한 말아먹지는 않겠어. 하하하!"

"알겠습니다, 회장님!"

이로써 오늘 이 회장과 협의할 내용은 다 끝났다. 그래서 태호가 물러가겠다는 말과 함께 목례를 건네고 돌아서는데, 이 회장이 전혀 생뚱한 질문을 던졌다.

"자네 요즘 돌아가는 정국에도 신경을 쓰고 있나?"

"아, 네!"

다시 돌아와 앉으며 태호가 입을 떼었다.

"지난 2.12 총선에서 사실상 야당이 승리함으로써 정국이 더 시끄러워질 것 같습니다."

"그야 야당의 개헌 서명운동이다 어쩌고저쩌고 해서 누구나 예상할 수 있는 일이고. 전체 의석수로 보면 야당이 더 많

"은데 정국에 큰 변화가 없겠나?"

1985년 2월 12일에 실시된 제12대 국회의원 선거에서 정치 해금 인사들을 중심으로 결성된 신한민주당이 창당 20여 일 만에 제1야당으로 급부상, 집권당에 대한 국민의 불신과 민주화 열망을 반영하는 선거가 되었다.

선거 결과 집권여당인 민정당은 32.2%의 득표율로 148석(전국구 61석)을 차지했고, 신민당은 29.4%의 득표율로 67석(전국구 17석)을 차지했다.

민한당은 19.9%의 득표율로 35석(전국구 9석)을 차지, 제1야당의 자리에서 밀려났으며, 국민당은 8.9%의 득표율로 20석(전국구 5석)을, 신사당(新社黨)은 1.5%의 득표율로 1석을 각각 차지했다.

이 선거의 특징은 1선구에서 2명의 국회의원을 뽑는 중선거에서 신민당이 대도시의 표를 휩쓸며 서울 14개 지구, 부산 6개 지구, 광주·인천·대전의 5개 지구에서 전원 당선자를 내는 한편, 서울·부산 등지에서 신민당 후보가 거의 1등으로 당선됨으로써 대도시 득표율에서 민정당을 앞지르며 기세를 올린 것이다.

신민당이 '선거 혁명'이라고도 일컬어지는 2·12총선에서 일대 회오리를 일으킬 수 있었던 것은 학생운동권의 선거운동 지원 등 젊은 층의 정치적 관심과 지원에 힘입은 바가 크며,

기존 제도권 야당에 대한 불만과 정통성을 결여한 전두환 정권의 강압 통치 및 부도덕성에 대한 국민의 불만이 한꺼번에 폭발한 탓으로 분석된다.

2·12총선은 권력에 의해 편성된 타율적인 정치 판도를 보다 자율적인 정치 판도로 개편, 민정당 내의 온건파가 득세하는 배경이 되는 한편, 신민당의 '개헌 서명운동' 등 대여 강경 투쟁을 가능하게 함으로써, 〈6·29선언〉과 제5공화국의 종말을 앞당기는 하나의 동력으로 작용했다. 또한 제5공화국 정당 구조를 개편, 들러리 야당이었던 민한당 의원들이 대거 신민당으로 이동하여 민한당의 해체를 가져왔다.

위와 같은 정국 속에 기업인 치고 어느 하나 정치권력에 자유로울 수 없었던 시대라, 항상 그쪽에 관심을 두어야 했고, 정국 변화 전망을 예견하는 것도 기업 운영에 필수 불가결한 항목이었기 때문에 이 회장의 물음은 당연했다.

"정치판에도 큰 변화가 예견됩니다. 학생들이 주축이 되는 민주화의 열기가 더욱 거세가 타올라, 내년이면 그 정점을 찍을 것으로 사료되어집니다. 즉, 직장인들까지 대거 시위에 가담함으로써 견디다 못한 이 정권이 항서를 쓰고 말 것입니다."

"그럴 리가 있나? 누구나 서울의 봄을 예견했지만 이를 총칼로 짓밟고 권력을 탈취한 놈들인데, 쉽게 민주화 요구를 수용하겠어? 직선제 개헌을 수용하는 날이야말로 이 정권의 마지막 날일 텐데."

"꼭 그렇지도 않습니다."

"무슨 소리야? 직선제 개헌이 되면, 민정당 그 누가 나와도 양 김을 이길 수 없다는 것은 삼척동자도 알고 있는 사실 아닌가? 그러니 직선제 개헌을 받아들이지 않을 거란 말이지."

"국민들의 민주화 요구가 상상 이상이고, 마지못해 이를 받아들여 항서를 쓰는 모양새를 취하겠지만, 그들 나름대로 비책은 있는 것이죠."

"양 김을 갈라놓는 것?"

"네. 둘 다 해금을 시켜줘 동시에 선거에 출마하게 하는 것이죠."

"하면 두 사람 중 한 사람만 양보하면 필승지세일 텐데?"

"그것이 그렇게 쉽지 않다는 게 제 예상입니다. 그들이 그렇게 하고 싶어도 밑에서 수십 년을 함께 고생한 사람들이 먼저 수용하기 어려울 것입니다. 따라서 그들 모두가 마주 달리는 열차가 충돌 직전에는 어느 한쪽이 피하겠지 하는 막연한 예상으로, 결국은 민정당에 어부지리를 안겨줄 것이라는 말입니다."

"허허, 자네 이야기를 일반 국민이 들었다면 억지에 가까운 주장이라고 매도할 거야. 그러나 나는 자네 예상이 맞으리라 보네. 내가 기업을 운영하면서 본 권력욕에 물든 자들이야말로, 범인이 상상치도 못할 일을 태연히 행하는 걸 무수히 봐왔거든. 아무튼 자네 주장대로라면 민정당에서 승리한다는 이야기고, 후보는 누가 되겠나?"

"현 민정당 당 대표 노태우입니다."

"흐흠……!"

침음하던 이 회장이 말했다.

"그 사람 하는 짓이 너무 무르지 않나? 그 드센 정치판에서 후보가 될 수 있을까?"

"누가 뭐래도 끝까지 권력을 쥐고 있는 것은 전 통입니다. 따라서 그의 낙점 여부가 후보의 제일 요건이겠지요."

"그럴 수도 있겠군. 이렇게 결론이 났으면 줄을 어느 편에 서야 되는 것인지는 자명해졌군."

"그렇습니다, 회장님!"

"좋아! 지금부터 노태우에게 6, 양 김에서 2씩 정치자금을 지원하는 것으로 하지."

"네, 회장님!"

"오늘부터라도 당장 그쪽과 접촉을 가져. 그렇다고 현 대통령에게 너무 소홀히 하지는 말고."

"알겠습니다. 회장님! 그런데 하나 간과할 수 없는 것이 있습니다."

"뭔데?"

"노사분규입니다."

"엉? 그게 무슨 말이야. 전 사업장이 잘 관리되고 있잖아."

"지금 현재가 아니라 내년부터 학생들의 시위가 격렬해져 결국 직선제 개헌이 받아들여진다면, 문자 그대로 우리나라도 민주주의를 완성하는 것입니다. 그러나 문제는 그때부터입니다. 이 민주화 열기가 작업 현장에도 이어져 근로자들의 요구가 한꺼번에 봇물 터지듯 터져 나오며 격렬한 노동쟁의가 예상됩니다. 순한 양 같던 사람들이 모두 야수가 되어 월급 인상을 주장하고, 근로조건 개선을 요구할 것이 명약관화합니다. 따라서 우리 그룹만이라도 이에 선제적으로 대응할 필요가 있습니다."

"요는 지금부터라도 근로조건을 개선해 주고 봉급 인상을 시켜주란 말이지?"

"네."

"흐흠······!"

한동안 생각에 잠겼던 이 회장이 말했다.

"자네 말을 이해 못 하는 것은 아니지만, 너무 앞서갈 필요도 없다고 생각하네. 벌 때 벌어야지 않겠나? 하고 내 경험상 대청을 내주면 안방까지 내달라는 것을 무수히 보아온 사람이야. 따라서 절대 타협이란 있을 수 없지."

전혀 다른 생소한 이 회장의 모습에 태호는 순간적으로 당

황했다.

그래서 태호는 수위를 조절해 말했다.

"내년 임금 인상 시, 제 의견을 반영해 예년보다는 조금 더 높게 책정하는 게 좋겠습니다."

"그 정도는 양해할 수 있네. 하지만 더 이상은 안 돼."

"알겠습니다, 회장님!"

이 정도만이라도 자신의 면을 살려주려고 하는 것임을 잘 알고 있는 태호로서는 더 이상 조르지 않고 그 자리를 물러나왔다.

*　　　*　　　*

자신의 방으로 들어가기 직전 비서실에서 발걸음을 멈춘 태호는 세 가지 지시 사항을 하달했다. 먼저 계 양에게는 건설 사장과 아빠인 계 고문을 부르도록 지시했고, 비서실장에게는 민정당 당 대표실에 전화를 넣어 당 대표와의 면담을 주선하도록 했다.

그리고 자신의 방으로 들어가며 태호는 지나가는 말처럼 김병수에게 말했다.

"김 부장은 잠시 나 좀 보세."

"네, 부회장님!"

곧 태호가 자신의 방으로 들어와 소파에 자리를 잡고 앉아 있으니, 김병수가 열려 있던 문을 닫고 들어와 그의 맞은편에 자리를 잡았다. 그러자 태호가 미소 띤 얼굴로 물었다.

"업무는 할 만한가?"

"네, 부회장님!"

"청주에 전화는 넣어봤어?"

"네, 하지만 통화조차 하지 못했습니다."

"왜?"

"그쪽에서 받질 않았습니다."

"그래? 내 생각으로는 말이야, 부끄러움을 많이 타는 아이라 그래. 그러니 자네가 관심이 있으면 꾸준히 전화해 봐. 용기 있는 자가 미인을 얻는다는 말도 있잖아? 참, 본말이 전도되었네만, 내 동생에게 관심은 있는 것인가?"

"관심 정도가 아니라 첫눈에 반했습니다."

"그렇다면 말이야, 언제 꽃을 선물할 기회가 있으면 딱 한 송이만 선물하게. 한 송이를 전하는 것인즉슨 첫눈에 반했음을 뜻한다고 하며 말이야."

"네, 부회장님!"

"잘해보라고."

"네."

이때 노크 소리가 들려왔으므로 그가 엉덩이를 들며 말했다.

"이만 물러가겠습니다."

"그래, 그래. 들어와요."

곧 계소연 양이 문을 열고 들어와 말했다.

"강 사장은 현장 나가고 없다고 해서 들어오는 대로 이쪽으로 오라 했습니다. 그리고 계 고문은 바로 오신다 했습니다. 차 한잔 드릴까요?"

"그래요. 오늘은 유자차로 한잔 부탁해요. 목이 좀 칼칼해서 말이야."

"유자차요? 그런 건 없는데요."

"엉?"

무심코 말했다가 태호가 얼버무렸다.

"집에선 마셨는데 여긴 없는 모양이군. 알았어. 그렇다면 녹차로 한잔 부탁하지."

"네, 부회장님!"

계 양이 나가자 태호는 잠시 허공을 바라보았다. 간혹 전생의 기억이 혼재된 탓에 이런 실수를 저지른다.

이런 일의 대표적인 사례가 홍차의 일종인 '실론티'를 탄생시키는 데도 일조했지만 말이다.

김재익 경제수석 당시 편봉호와 룸싸롱에서 회식을 하던 날이었다. 그런 술자리에서 보면 술에 약한 아가씨들이 가끔 실론티를 가지고 장난을 친다.

홍차 제품인 실론티야 말로 양주 색깔과 똑같아 양주 대신 그것을 따라 마시며 양주인 척하는 경우가 종종 있어, 유심히 그 자리를 살펴본 결과, 아예 그 제품이 없음을 알고, 음료 부분에 지시해 이 제품을 개발한 적이 있었다.

이번 경우도 비슷해서 태호는 차제에 유자차와 모과차 등을 청 형태로 개발해 시중에 내놓을 생각을 했다. 아무튼 태호가 이런 생각을 하고 있는데, 노크 소리가 들리더니 비서실장 정태화가 들어왔다. 시선을 그에게 돌린 태호가 물었다.

"어떻게 되었습니까?"

"당 대표를 바꾸어달라고 했으나 부재중이라는 답변과 함께 그쪽 비서실장과 통화를 했습니다. 그래서 잠시 뵐 수 없느냐고 했더니, 보좌관을 보내겠다는 말을 했습니다."

"성격답게 여간 조심스러운 게 아니군."

"그렇습니다."

"그렇다면 비서실장님이 만나 뵙고, 1억 원을 전달하고 오세요. 정치헌금이라면 되겠지. 돈은 회장님의 지시 사항이라 하고 경리과에서 타 가는 걸로."

"알겠습니다. 부회장님!"

곧 그를 내보내고 나니 교대로 계영철 고문이 들어왔다.

"너무 격조한 것 아닌가?"

"하하하! 그렇습니까? 제 업무가 너무 바쁘다 보니… 양해

하십시오."

"알지. 괜히 한번 너스레를 떨어본 거니 너무 신경 쓰지 마시게."

"고문님을 뵙자고 한 것은 삼원상선을 좀 키워야겠는데, 사장에 어울릴 만한 적임이 없을까 하고요."

"현 사장은 어찌하고?"

"그에 대해 알아본 결과, 큰 그릇은 아니라는 종합적인 평가입니다. 그래서 뚝심 있고 추진력 있는 인물을 선정하려다 보니, 이런 사람은 군 출신 중에서 많지 않을까 하는 생각에서 추천을 부탁드리는 겁니다."

"굳이 그런 인물을 선정하는 특별한 이유라도 있나?"

"뱃사람 모두가 거친 사람들 아닙니까? 게다가 앞으로 노사 분규가 격렬해질 것 같은 예상이 드는데, 그런 사람이 적임이지 않을까 싶어서요."

"흐흠! 우리는 전혀 예상치 못한 생각으로 사장 자리도 구하는군. 어찌 됐든 그런 사람이 딱 한 명 있기는 있지. 얼마 전 해군 소장으로 예편한 장동규가 그런 사람인데, 일단 내가 한번 알아보는 것으로 하지."

"고맙습니다. 고문님!"

"별걸 다 고맙다는군."

"오늘 모처럼 한잔할까요?"

"부회장의 생각이 그렇다면 아예 그 사람도 술자리에 불러내 만남을 갖는 게 어떻겠는가?"

"좋습니다. 그렇게 하도록 하죠."

"일단 내가 전화부터 해보고."

"네."

곧 자리에서 일어나 업무용 책상으로 간 계 고문이 얼마 동안 통화를 하는 것 같더니, 송화기를 손바닥으로 가리고 태호에게 물었다.

"장소는 어디로?"

"7시 30분에, 강남 '텐 프로'라고 요즘 새로 생긴 업소인데, 아주 유명하답니다."

계 고문이 통화를 하는 것 같더니 다시 태호에게 물었다.

"그 전에 1차로 소주집에서 한잔하고 가는 것이 어떻겠느냐는데?"

"그렇다면 본사 맞은편 '돼지 목욕하는 날'이라는 삼겹살집으로 5시 10분까지 오라 하십시오."

"허, 거참! 상호도 괴상하군."

중얼거리며 계 고문은 상대 쪽과 다시 통화를 했다.

곧 통화를 마친 계 고문이 자리에 돌아와 앉으며 말했다.

"시간에 맞추어 오겠다는군."

"알겠습니다. 퇴근 시간에 맞추어 이곳으로 오시죠. 함께 가게."

"알겠네."

곧 계 고문이 물러가고, 이날 오후 업무가 시작할 때였다. 건설사장 강동철이 부회장실로 찾아들었다. 그를 맞은 태호가 물었다.

"시화호 방조제 축조 건 공개 입찰은 어떻게 되어가고 있습니까?"

"아직 발표는 나지 않았지만, 간척사업에 참가가 결정된 업체는 제외될 것이라는 관가 주변의 소문입니다."

"흐흠! 그럴 수도 있겠군."

고개를 끄덕인 태호가 계속해서 말했다.

"강 사장님을 부른 이유는 신사옥에 대해 말씀드리기 위해서입니다. 강남 역삼동에 그룹에서 사놓은 땅이 있는데, 이곳에 그룹의 신사옥을 건축하려 합니다. 내 생각으로는 33층 정도로 해서……."

이렇게 운을 뗀 태호는 한동안 자신의 구상을 그에게 들려주고 설계에 착수할 것을 지시했다. 그리고 그에게 물었다.

"신규 사옥을 더 짓는다 해서 건설사 인력이 부족한 것은 아니겠지요?"

"당장은 그렇습니다. 하지만 시화호 간척사업마저 진행된다면 그때는 부족할 것이 확실합니다."

"그때는 반도체 공장이 준공될 것이니, 그 인력을 투입하면 됩니다."

"알겠습니다, 부회장님!"

곧 강 사장마저 물러가고 태호는 업무에 전념했다. 그리고 오후 5시 퇴근 시간이 되었음을 알리듯 계 고문이 태호의 집무실을 찾아들었다. 이에 태호는 곧바로 그와 함께 집무실을 벗어났다.

머지않아 두 사람이 삼겹살집에 도착하니 장동규 예비역 소장이 먼저 와 기다리고 있다가 계 장군을 보자 큰 소리로 구호와 함께 거수경례를 행했다.

"충성!"

그러자 기존에 있던 모든 손님들의 시선이 일제히 세 사람에게 쏠렸다.

그러자 계 고문이 겸연쩍을 표정으로 지으며 말했다.

"자네가 진짜 인사를 드려야 할 사람은 이분일세."

"그건 부차적인 문제고요. 저로서는 선배님께 먼저 예를 표하는 것이 도리입니다."

그의 말에서 간접적이나마 사람됨을 알 수 있어 고개를 끄덕인 태호는 진즉부터 일행을 지켜보고 있는 종업원에게 안내를 청했다. 비서실 직원을 통해 사전 예약을 해놓았기 때문에 예약된 방으로 안내해 달라고 한 것이다. 곧 종업원에 의해 세 사람은 칸막이가 쳐진 작은 방으로 안내되었다.

곧 두 사람이 나란히 앉고 태호 혼자 그들을 마주 보는 자세로 세 사람은 앉았다. 태호는 곧 이 집의 주된 메뉴인 양념 불고기 3인분과 돼지갈비 3인분 그리고 소주 세 병을 시켰다. 주문을 마친 태호는 장동규라는 사람을 비로소 자세히 살펴보았다.

키가 군인치고 단신이라는 것은 처음 만났을 때부터 알았다. 50대 초반인 듯한 나이에 각진 얼굴과 부리부리한 눈이 덕장이라기보다는 맹장 스타일이었다. 게다가 목 하나의 굵기가 범인의 두 배는 되는 듯해 절로 위압감을 느끼게 했다.

상대편 역시 태호를 세세히 살피는 모습이 역력했다. 이런 두 사람의 모습을 보고 계 고문이 말했다.

"인사드리시게. 우리 그룹의 부회장님이시네. 여긴 해군 11전대(구축함전대) 사령관으로 재직 후 전역한 예비역 소장 장동규입니다."

이에 태호가 자리에서 일어나 먼저 손을 내밀며 자신을 소개했다.

"김태호라 합니다."

"장동규입니다."

맞잡은 손에 힘을 주며 자신을 소개하는 장동규의 손이 인상적이었다. 크지는 않았지만 목만큼 두툼했고 잔털이 수북

이 나 있었다. 첫인사를 마친 태호가 자리에 앉으며 그에게
물었다.

"상선 운용에 대한 경험은 없으시겠습니다?"

"물론 그렇습니다. 하지만 바다에 대해서는 누구보다 잘 알
고 있다고 자부합니다. 그리고 계속 지휘관으로 근무했으니
밑의 사람 역시 잘 통솔할 수 있다고 생각하고 있습니다."

"민간 회사인 만큼 군대와 같이 상명하복 관계가 철저하진
않습니다만?"

"물론 그렇겠습니다만, 통솔 면에서 보면 오십보백보라 생
각하고 있습니다."

"아직 비록 규모는 작지만 우리 그룹의 해운회사를 한번 맡
아 경영해 보시겠습니까?"

"맡겨만 주신다면 최선을 다해, 어느 기업 못지않은 큰 해운
회사로 키우고 싶습니다."

"좋습니다. 삼원상사의 사장으로 보임할 테니, 내일부터 출
근하는 것으로 하시죠."

"감사합니다, 부회장님!"

태호는 앞에 앉은 장동규를 사장에 그리고 실무에 밝은 현
사장은 부사장으로 발령 내 보좌시킬 결심을 굳히고 고개를
끄덕였다.

이때 때맞추어 음식이 들어오기 시작했으므로 태호는 그들

과 2차까지 함께하고 귀가했다.

*　　　*　　　*

다음 날 아침.

업무를 시작하자마자 태호는 비서실에 지시해 현 삼원해운 사장을 호출하도록 하고, 장동규라는 사람이 찾아오면 들여보내라는 지시를 내리고 자신의 방으로 들어왔다.

막 상의를 벗어 옷걸이에 걸고 집무용 책상으로 향하는데 노크 소리가 들려왔다.

"들어와요."

곧 문이 열리며 한 사람이 들어왔다. 삼원상사의 김현구 사장이었다.

곧 비서실에 차를 주문한 태호는 그를 소파로 안내해 그와 마주 앉았다. 그러자 김 사장이 곧바로 입을 뗴었다.

"혹시… 남아프리카공화국의 광산 업체인 앵글로 아메리칸(Anglo—American)이라는 회사에 대해 들어보셨습니까?"

"글쎄요……?"

답을 미루며 아무리 기억을 뒤적여도 그런 회사는 알고 있지 못했다.

"모르겠습니다."

"이 회사로 말할 것 같으면 금, 니켈, 구리 분야의 세계적인 광산 그룹으로 북미 대륙과 호주, 아프리카 대륙에 걸쳐 여러 광산을 소유하고 있을 뿐만 아니라, 오스트리아와 남미 칠레를 비롯해 아프리카 전체를 샅샅이 뒤져 주요 광물자원의 부존 여부를 거의 다 파악하고 있는 기업 집단입니다."

　김 사장의 앵글로 아메리칸이라는 회사에 대한 설명은 계속되었다.

　"2천여 명 직원 대부분이 재무 전문가와 지질 전문가로 구성된 이들이 주로 하는 일은 남아공 내 회사들의 재무제표를 조사해 인수 합병할 회사를 찾거나, 백팩과 텐트를 짊어지고 수단이나 사하라사막 등을 다니면서 광물자원의 부존 여부를 조사하는 것입니다."

　때마침 차가 들어왔으므로 녹차로 간단히 목을 축인 김 사장의 말이 이어졌다.

　"앵글로 아메리칸 그룹은 남아공 상장회사의 50%를 지배하고 있을 뿐만 아니라, 전 세계 다이아몬드 생산량의 50%를 차지해 세계 다이아몬드 시장을 지배하고 있는, '드 비어스(De Beers)'가 이 회사의 자매회사이기도 합니다."

　김 사장의 긴 설명이 끝나자 태호는 느낀 그대로 말했다.

　"한마디로 대단한 회사군요."

　"그렇습니다. 그런데 요는 이 회사에서 한국에 조사 분석관한 명을 비밀리에 파견할 계획이라는 유 팀장의 전언입니다."

"잠깐만! 하면 남아공에도 우리의 지사가 설립된 것입니까?"

이때였다. 노크 소리와 함께 비서실 여직원이 얼굴을 디밀더니 장동규라는 사람이 찾아왔다는 보고를 했다. 이에 잠시 기다리는 말을 하고 태호는 김 사장에게 시선을 주었다.

"물론입니다. 북미와 유럽, 일본 쪽에 집중되어 있던 주재원들을 지금은 부회장님의 지시대로 전 세계로 흩뜨려 놓았습니다. 기존의 나라 외에도 아시아와 남미는 물론 중동과 아프리카에 이르기까지 웬만큼 큰 나라에는 모두 상사원을 주재시키고 있습니다. 비록 명색은 팀장이지만 부족한 인력 관계로 1명인 곳도 많지만 말입니다."

"좋습니다. 하던 이야기 계속하시죠."

"남아공 유 팀장의 보고에 따르면 앵글로 아메리칸 회사에서 한국의 조사 분석관을 보낸 이유는 이 회사도 광산 일변도 업종에서 벗어나, 제조 업체에도 발을 들이기 위해 요즘 급부상하는 한국에서 합작 투자 회사를 모색하기 위함이라 합니다. 따라서 그 인물이 여러 대기업을 들르겠지만, 우리 그룹에서는 더욱 융숭히 대접하여 좋은 점수를 받았으면 하는 바람을 전했습니다."

"흐흠……!"

잠시 생각에 잠겼던 태호가 물었다.

"그 조사관의 한국 도착 일시와 누군지는 보고가 되었습니까?"

"확정되는 대로 추후 보고하겠다는 말을 했습니다."

"알겠습니다. 만약 그 사람이 한국에 입국하면 내가 직접 맞을 것이니 그런 줄 아시기 바랍니다."

"그리고 또 한 가지. 부회장님의 명을 이행하기 위해 공산권 시장을 파고들기 위한 일환으로, 중공과도 접촉을 시도하는 과정에서 문제가 발생했습니다."

"뭡니까?"

"중공이 적성 국가이다 보니 비자 발급부터가 여의치 않습니다."

"흐흠! 그런 문제가 있었군요. 알겠습니다. 그 문제는 내가 알아보고 처리하도록 하겠습니다."

"네. 오늘 보고드릴 사항은 여기까지입니다."

말을 끝낸 김 사장이 급히 남은 차를 마시고 자리에서 일어났다.

태호 또한 그와 함께 일어나 비서실까지 나간 태호는 그곳에서 장동규는 물론 현 해운사장 지천규도 보았다.

지천규도 왔지만 대화 중인 것을 알고 비서실에서 번거롭게 하지 않은 모양이었다. 아무튼 그를 본 태호는 먼저 지천규현 사장부터 자신의 방으로 불러들였다. 그리고 그와 마주 앉은 태호가 물었다.

"차는 드셨습니까?"

"네. 비서실에서 한잔 마셨습니다."

지천규는 현 51세로 국립해양대학교(현 한국해양대학교)를 나와 갑판원을 시작으로 상선에서 잔뼈가 굵은 이 분야의 베테랑이었다.

그러나 인물 평가를 보면 너무 사람이 유해 많은 사람을 통솔하기에는 문제가 있을 수 있다는 평가를 받는 사람이었다. 그래서 태호가 사장 자리에 앉힐 새인물을 구하기에 이른 것이다.

아무튼 그런 그를 보고 태호가 미소를 띤 채 말했다.

"지 사장님에게는 좀 서운한 말을 드려야겠습니다."

눈이 커지는 그를 향해 태호는 담담한 표정으로 말했다.

"해운회사를 좀 더 키우기로 방침을 정하면서 금번에 신임 사장을 영입했습니다. 그런데 문제는 이 사람이 해군 장성 출신으로 해운 분야의 전문가는 아니라는 사실입니다. 그러니 좀 서운하시더라도 이 사람을 실무적으로 보좌하며 계속 부사장으로 고락을 함께해 주시면 감사하겠습니다."

"부회장님의 뜻인즉 새 술은 새 부대에 담겠다는 것 같으니, 저는 이쯤에서 물러나는 것이 좋겠습니다."

"사장님이 그동안 성실하게 열심히 근무해 왔다는 것은 저도 알고 있습니다. 그러니 좌천 성격의 인사가 아니라 해운을 주력 업종의 하나로 키우는 과정에서 발전적 조직 개편을 갖기 위함이니, 너무 서운하게 생각하지 않으셨으면 좋겠습니다. 사장님 역시 우리 그룹의 꼭 필요한 인재라 생각하니까요."

진정성이 묻어나는 태호의 간절한 호소에 표정이 여러 번 변하던 지찬규가 확인하듯 물었다.

"부회장님의 말씀이 참입니까?"

"아니면 여러 소리할 것 없이 통보로 끝날 일 아닙니까?"

"그건 그렇습니다. 미흡하지만 부회장의 뜻을 받들어 앞으로도 제 직분에 열과 성을 다하겠습니다."

"고맙습니다!"

새삼 이제 부사장이 된 지천규와 손을 맞잡은 태호는 곧 비서실에 대기하고 있던 장동규를 불러들여 서로 소개를 시키고 상선을 잘 꾸려가 주기를 몇 번이고 당부했다.

머지않아 그들을 내보낸 태호는 비서실장 정태화를 자신의 집무실로 불러들였다. 그와 대좌한 태호가 말했다.

"상사의 김 사장 말에 따르면 중공에 입국을 하려하니 나라에서 비자 발급을 해주지 않는 모양입니다. 그러니 실장님께서 안전기획부나 아니면 요로에 연락해 비자를 발급받을 수 있도록 힘써주시기 바랍니다."

"알겠습니다, 부회장님!"

곧 정 비서실장을 내보낸 태호는 이때부터 본격적으로 결재 서류를 검토하기 시작했다.

*　　　*　　　*

그로부터 3일 후였다.

아침부터 김현구 사장이 태호의 집무실을 찾아들어 좌정하자마자 말했다.

"남아공 유 팀장의 보고가 있었습니다. 오늘 오후 1시 김포공항 도착 예정이랍니다. 그런데 문제는 그 조사 분석관이 레인 힐튼이라는 미모의 여성이랍니다."

"그래요? 같은 값이면 다홍치마(同價紅裳)라고, 접대하는 데는 더 즐겁지 않겠습니까?"

"저는 오히려 더 불편할 것 같습니다."

"하하하! 생각 나름이죠."

유쾌하게 말한 태호가 이어 말했다.

"제가 이야기한 대로 이번 접대는 제가 책임지겠으니 너무 심려 않으셔도 될 것 같습니다."

"알겠습니다."

"참, 오늘이 토요일이죠?"

"그렇습니다."

"오늘 특근하게 생겼는걸?"

"하하하!"

상사의 김 사장이 웃음을 터뜨려도 태호가 여전히 시무룩한 표정을 짓고 있자. 이내 그의 웃음은 대소로 변해 버렸다.

제8장
웅비의 초석 Ⅱ

레인 힐튼이라는 앵글로 아메리칸사의 조사 분석관의 영접을 점검하는 과정에서 태호는 오후 5시 이후 근무조인 윤정민 차장조를 당겨야 하는 번거로움이 있었다.

물론 윤정민 차장에게 통역을 시키기 위해서였다. 이런 번거로움, 아니, 미안함 속에 태호는 느끼는 것이 있었다. 알아듣는 건 좀 되지만 막상 말을 하려면 입안에서만 맴도는 영어를 정복하기로 한 것이다.

이제 자신의 방침으로도 세계 속으로 뻗어나가려면 영어 회화 정도는 필수라 생각한 것이다. 그런 속에 태호는 윤정민 차장을 생각하자 또 하나 미안한 것이 있었다.

그의 부친 이야기였다. 정태화 비서실장이 전에 한 이야기 대로 그의 부친 윤준오는 삼원이 인수한 국제상사, 즉 현 삼원 상사에 아직도 전무로 근무하고 있었다.

따라서 간부 회의에서는 그와 대면한 적이 많았다. 그렇지 만 그를 사적으로 불러 이야기를 나눈 적은 없었다. 그런 점 이 그녀에게 관심을 덜 가진 것이 아닌가 해서 조금은 미안했 던 것이다.

아무튼 태호는 12시가 되자 조금은 빠르다 싶었지만 윤정 민 포함 다섯 명의 경호원과 비서실장 정태화만 데리고 김포 공항으로 출발했다. 물론 두 대의 차에 분승한 상태였다.

토요일 오후라 그런지 조금은 막혀 평소보다는 10여 분이 지체된 12시 40분에 공항 입국장에 도착한 일행은, 비서실에 서 사전에 준비한 'Welcome to South Korea! Miss Hilton!' 이라는 내용의 팻말을 경호원 하나가 든 채 하염없이 기다려 야 했다.

도착 예상 시간보다 20분이나 비행기가 늦게 도착했기 때 문이었다. 아무튼 어리둥절한 표정으로 팻말을 바라보며 다가 오는 늘씬한 미모의 백인 여성을 보고 태호는 그 여인이 직감 적으로 레인 힐튼임을 알았다.

이에 태호는 천천히 그녀 앞으로 걸어 나가며 반갑게 미소를 띠고 말했다.

"Nice to meet you. I am a member of Samwon Group."

그러자 즉시 따르던 윤정민 양이 보충설명을 했다. 즉 태호가 그룹의 부회장이라고 첨언한 것이다.

"This is the vice—chairman of our group."

이에 레인 힐튼 양이 환한 미소와 함께 악수를 청하며 말했다.

"Nice to meet you. How did you come to meet me?"

어떻게 알고 마중을 나왔느냐는 말에 태호는 요하네스버그에 주재하고 있는 한국 상사원 유성국을 아느냐고 물었고, 몇 번 만난 적이 있다는 그녀의 답변에, 둘은 더욱 환한 미소로 잡은 손을 힘차게 흔들 수 있었다.

손을 풀며 태호가 말했다.

"삼원그룹 소유의 호텔로 모시겠습니다. 힐튼 양이 체제할 동안은 무료로 제공하겠습니다."

"아, 아닙니다. 삼원그룹을 공식 방문하러 온 것도 아니고, 여러 그룹을 돌아봐야 하니 사양하겠습니다."

"사양하지 마십시오. 우리 그룹의 성의입니다."

태호의 말에 난처한 표정을 지은 그녀가 다시 답변했다.

"귀 그룹 소유의 호텔에 묵겠지만 정상적으로 가격을 지불하겠습니다."

"정 그러시다면 반값만 내십시오."

계속되는 호의를 더 거절하기 어려웠는지 그녀가 태호의 제의에 동의하는 것으로 숙소 문제는 결론이 났다. 이에 태호가 앞장서며 말했다.

"가시죠."

"고맙습니다!"

곧 그녀를 자신의 차에 태운 태호는 강남 소재 그룹 소유의 호텔로 직행했다. 그리고 프런트에 지시해 18층에 있는 스위트룸을 그녀에게 제공했다.

그리고 오랜 비행시간으로 피곤하다는 그녀의 말에 따라 태호는 저녁때 다시 찾아오겠다는 말을 남기고 그 자리를 떠났다.

오후 6시.

5월에 접어든 하늘은 저녁 6시가 되어도 환하게 빛나고 있었다. 그런 하늘을 보며 호텔에 도착한 태호는 곧장 엘리베이터를 타고 18층에 도착했다. 그리고 그녀의 방 앞에 서서 노크를 했다. 그러자 그녀가 얼굴을 내밀었다.

낮의 얼굴과 달리 가볍게 화장을 한 얼굴이었다. 그런 그녀를 보고 태호가 물었다.

"만찬에 초대하고 싶은데 괜찮겠습니까?"

"네, 좋아요. 어디로 가면 되죠?"

"모시겠습니다."

"잠깐만 기다리세요."

말이 끝나자마자 안으로 들어간 그녀는 백 하나를 들고 자신의 방에서 나왔다. 태호는 곧 그녀를 에스코트해 지하 2층에 있는 한식 식당으로 갔다.

곧 특실로 안내한 태호가 그녀가 자리에 앉자마자 말했다.

"외국 여행 중이라면 그 나라 음식을 맛보는 것이 진정한 여행이라 생각해, 의사도 묻지 않고 한국 고유의 음식만을 파는 식당으로 모셨습니다. 불편하시다면 다양한 음식을 맛볼 수 있는 뷔페식으로 모시겠습니다."

"아, 아닙니다. 한국에 들르기 전부터 한국 음식을 맛보고 싶었어요."

"고맙습니다."

태호는 곧 대기하고 있는 지배인에게 지시해 음식을 내오라 했다. 이곳에 들르기 전부터 사전 지시가 있었던 것이다.

혹시 몰라 뷔페식당에도 그런 지시가 내려간 것은 당연지사였다. 아무튼 태호의 지시를 받은 지배인이 물러가자 그는 옆자리에 앉은 윤정민을 통해 그녀에게 물었다.

"술은 얼마나 하십니까?"

"조금."

"한국 술 한번 마셔보고 싶지 않습니까?"

"좋아요."

그녀의 대답을 기다렸다는 듯 노크와 함께 스르르 미닫이 문이 열리더니 해물파전과 간장 한 종지, 그리고 소주 세 병이 웨이터들에 들려져 한꺼번에 들어왔다.

처음 보는 음식에 힐튼 양의 눈이 동그래지거나 말거나 태호는 미리 세팅되어 있던 것들 중 오프너를 찾아 소주병을 따고, 소주잔 두 개를 챙겨 잔의 7할쯤을 따랐다. 그리고 그 잔을 각각 자신과 그녀 앞에 놓았다. 이를 본 곁의 윤정민 차장이 태호에게 속삭이듯 말했다.

"우선 파전부터 들게 하는 것이… 빈속에 마시면 금방 취하잖아요."

"그런가?"

빙긋 웃으며 답한 태호는 그녀의 말대로 곧 힐튼 양에게 파전을 권했다.

"이 음식부터 드셔보세요."

말과 함께 태호는 자신이 먼저 먹는 시범을 보였다. 젓가락으로 파전 일부를 떼어내 간장에 약하게 찍었다. 그리고 입으로 가져가 맛있게 먹었다.

이를 본 힐튼 양이 따라하나 젓가락질이 제대로 될 리 없었다. 이애 따라 태호가 포크 두 개를 권해 파전을 찢게 하고 간장은 스푼으로 태호 스스로 소스를 바르듯 겉면에 살짝 입혔다. 그리고 먹길 권하니 처음에는 몇 번이고 망설인 그녀가 이내 결연한 표정을 짓고 입에 넣고 씹었다.

곧 그녀가 엄지를 척 올리면서 말했다.

"Good! Delicious!"

"많이많이 드세요. 얼마든지 있습니다."

"네!"

곧 힐튼 양이 정말 맛있는지 몇 조각을 빠른 속도로 먹어치우자 이 모습을 빙그레 웃음 떤 모습으로 바라보던 태호가 소주잔을 들어 올리며 물었다.

"한국 술맛도 보셔야죠?"

"네."

태호의 말에 그녀 역시 잔을 들어 올리고 그의 눈치를 보았다. 그러자 태호가 시범을 보이듯 한입에 털어놓고 빈 잔을 머리 위로 거꾸로 들어보이자 그녀 역시 망설임 끝에 그대로 따라하는 것 같더니, 이내 사레가 들려 기침이 멈추지를 않았다.

"콜록콜록……!"

이를 지켜보던 윤 차장이 살짝 눈을 흘기는 것으로 여성을 대표해 간접 항의를 했다. 아무튼 이런 분위기 속에 노크 소리가 들리는가 싶더니 이번에는 잡채가 큰 접시에 담겨 나왔다. 곧 태호의 권유로 잡채 맛을 본 그녀의 엄지가 또 한 번

올라갔고 태호는 그녀에게 또 한 번 술을 권했다.

그리고 그녀가 마시거나 말거나 천천히 음미하듯 한 잔을 비웠다. 그러자 힐튼 양도 같이 따라했다. 그런 그녀가 이번에는 이마에 주름을 몇 개 잡으며 진저리를 쳤다.

"Oh! Use it!"

그녀의 말에 태호가 윤 차장이 통역할 새도 없이 물었다.

"Use가 무슨 뜻이야?"

"여기서는 '쓰다'는 뜻입니다."

"그렇게도 쓰이는군."

혼자 중얼거리듯 말한 태호가 급히 안주를 권했다. 아니래도 그녀는 벌써 잡채를 포크 두 개로 실랑이를 벌이며 입에 넣고 있는 중이었다. 그렇게 잠시 잡채와의 전쟁을 벌이는데 이번에는 휴대용 가스레인지에 담겨진 불고기 전골이 들어왔다.

이를 본 윤 차장이 불고기 전골을 휴대용 가스레인지에 올려놓고 불을 당기자 태호는 또 이를 힐튼 양에게 권했다. 그리고 자신은 소주 한 잔을 비우고 시범을 보이듯 불고기를 안주로 집어먹었다.

그러자 힐튼 양도 소주 마시는 것까지도 똑같이 따라했다. 이를 본 윤 차장이 입을 가리고 웃고, 이 모습을 본 힐튼 양이 어리둥절한 표정을 짓자 윤 차장이 설명을 해줬다. 소주는 같이 따라 마시지 않아도 된다고.

이 말에 힐튼 양이 처음으로 입안의 목젖을 보여주며 웃고 분위기는 더욱 화기애애해졌다. 이런 분위기 영향 때문인지 그녀가 태호에게 질문을 던졌다.

"Are you married?"

"Yes. How about you?"

태호의 결혼했다는 말에 그녀가 아쉬운 표정을 지으며 말했다.

"I'm still single."

외국 여성의 나이를 제대로 파악하긴 어렵지만 태호가 보기에 힐튼 양의 나이는 어림잡아 서른둘이나 셋쯤으로 보였다. 그런데 아직 미혼이라는 말에 태호가 놀란 표정을 짓자 그녀가 말했다.

"I have a child."

아이 하나가 있다는 말에 이번에는 태호가 더 크게 놀란 표정을 지었다. 그러자 힐튼 양이 쓰게 웃으며 그 이야기는 더 이상 하지 않고 화제 전환을 꾀했다.

"내가 한국에 온 목적은 그룹 차원에서 전자 업종에 진출하고 싶어서입니다. 이는 유 팀장이 저를 볼 때마다 제조업에 진출하면 어떻겠느냐는 말을 제가 상부에 그대로 전했고, 이번에 그룹 상부에서 결정이 내려져 한국에 오게 된 것입니다."

"그런데 왜 하필 전자 업종입니까?"

"그것은 제 뜻이 아니라 윗선의 결정입니다."

"흐흠……!"

잘나가다 일이 꼬인다는 생각에 태호로서는 침음하지 않을 수 없었다.

주지하다시피 삼원그룹은 청주에 반도체와 컴퓨터 공장을 짓고는 있지만, 건물이 완공되지 않아 설비를 들이는 것은 아직 엄두도 못 내고 있는 상태였기 때문이었다. 아무튼 태호의 모습을 본 그녀가 다시 입을 열었다.

"이는 남아공 정부의 아파르트헤이트(Apartheid: 남아프리카 공화국의 극단적인 인종차별 정책과 제도)로 인해, 국제사회의 무역 제재를 받는 까닭에 모든 물품이 부족하지만, 특히 전자 제품은 들여오는 족족 날개 돋친 듯 팔리는 것을 본 상부의 정책적 결정입니다."

"그러니까 남아공 내에 전자 제품 공장을 세우자는 말이군요."

"네."

"국제사회의 무역 제재를 받는다면 우리 역시 참여해 공장을 세운다는 것도 쉽지 않을 건데요?"

"세계 모든 나라가 그 제재에 동참해 남아공과의 무역을 기피하지만, 유독 용기를 내 남아공에서 사업을 벌이고 있는 삼원을 그룹에서는 높이 평가하고 있습니다. 따라서 전자 제품을 생산하는 한국의 업체 중 그런 기업이 있지 않을까 하는 생각에 이번에 제가 이 땅을 찾게 된 것입니다."

"흐흠……! 그렇군요."

침음하며 생각에 잠긴 태호의 머릿속에 불현듯 떠오르는 하나의 아이디어가 있었다. 자신이 생각해도 실현 가능성은 반반이었지만 일단 한번 부딪쳐 보기로 하고 태호는 내심 단안을 내렸다.

고개를 끄덕이며 태호는 자신이 앵글로 아메리칸 그룹에 대해 관심을 갖게 된 계기가 된 사항에 대해 물었다.

"우리는 그걸 떠나 귀 그룹의 장기인 광물자원 협력에 대해 관심이 있습니다. 따라서 우리 그룹과 이 분야에 대해 협력할 의사는 없는지요?"

"가능할 겁니다. 상부에 보고해 꼭 그렇게 되도록 노력하겠습니다."

"고맙습니다."

오늘의 사업에 관한 이야기는 여기까지였다. 태호는 곧 준비된 삼계탕을 들이라 해 그녀에게 먹게 하니, 그녀는 이 역시 맛있다고 'Delicious!'를 연발했다.

이후 비빔밥이 또 들어왔지만 그녀가 도저히 배가 불러 못 먹겠다고 손을 내젓는 바람에 그냥 내가야 했다. 그렇게 해놓고 미안했던지 그녀는 아침으로 비빔밥을 꼭 달라는 부탁을 남겼다.

이에 태호 또한 흔쾌히 응하고 그녀와 함께 술 몇 잔을 더 마셨다. 그런데 이것이 말썽이 될 줄은 몰랐다. 그때까지는 홍인종이 되어 좋은 혈색을 유지하던 그녀가 몇 잔을 더 마시자 백인임을 증명하듯 완전히 창백해진 것이다.

그리고 그녀는 숙소로 돌아갈 것을 말하며 일어서는데 벌써 기우뚱 옆으로 넘어가려 하고 있었다. 이에 태호가 급히 그녀를 부축해 특실을 나섰고 그녀는 그 자세로 자신의 숙소까지 갔다.

그녀의 말대로 술을 '조금'밖에 못한다는 말이 사실적으로 표현한 것인데, 태호는 한국 사람과 같이 겸양하는 것으로 받아들인 것인지, 요상한 태도를 연출한 두 사람은 현관 앞에 마주 섰다.

이에 태호가 그녀를 가볍게 포옹하며 그녀의 우측 볼에 뽀뽀를 했다. 그리고 그녀를 가볍게 떼어내며 작별 인사를 했다.

"Good night!"

잠시 서운한 표정을 지은 그녀였지만 이내 그녀 또한 활짝 웃으며 작별 인사를 했다.

"See you again."

미소로 화답한 태호가 내일 또 모시러 오겠다는 말로 싱숭

생숭한 그녀의 마음을 달랬다.

"I'll come to pick you up again tomorrow."

"Ok!"

곧 그녀의 긍정적인 답변이 들려왔고 태호는 이내 등을 돌렸다.

다음 날 아침.

태호는 비록 일요일이었지만 자신의 차를 보내 힐튼 양을 자신의 집무실로 모시도록 했다. 본사에서 차를 보낸 지 1시간 만에 그녀가 태호 앞에 나타났다.

이때부터 태호는 그녀를 데리고 다니며 본사는 물론 제과 공장 견학을 시켜주었다. 그리고 어제의 경호원 그대로 데리고 그녀와 함께 시멘트 공장이 있는 삼척으로 내달렸다.

영동고속도로를 달려 삼척에 도착한 태호는 곧 그녀에게 시멘트 공장을 보여주고 늦은 점심 식사를 했다. 그리고 태호는 그녀를 다시 차에 태워 여의치 않은 국도보다는 빙 도는 노선을 택했다. 즉, 다시 북쪽인 강릉을 거쳐 청주로 향한 것이다.

밤늦게 청주에 도착한 태호는 이곳에서 일박을 하고 다음 날은 공단에 들러, 짓고 있는 반도체 및 컴퓨터 공장에 대해 자세한 이야기를 들려주었다. 그리고 곧장 초정으로 이동, 그곳에 있는 음료 공장을 견학시켜 주었다.

이후 다시 서울로 돌아온 태호는 외국인이 선호하는 음식

다섯 가지, 즉 삼겹살, 불고기, 파전, 비빔밥, 삼계탕 중 아직 대접하지 않은 삼겹살을 맛 보여주기 위해 '돼지가 목욕하는 날'이라는 단골집을 찾았다.

불판의 고기가 노릇노릇 익어가는 것을 자기도 모르게 침을 삼키며 바라보던 그녀는, 태호가 상추에 싸서 먹는 시범을 끝으로, 체면 불구하고 연속으로 볼에 메어 터지도록 입속으로 쑤셔 넣었다.

그런 그녀에게 소주를 권하자 망설이던 그녀는 세 잔을 끝으로 아무리 권해도 더 이상은 마시지 않았다. 그런 속에 멀쩡한 정신으로 그녀가 입을 떼었다.

"전자 설비 공장을 보지 못한 것이 아쉽습니다."

"내년에 들르셨으면 그 모습을 볼 수 있었을 텐데, 저도 많이 아쉽습니다."

"텔레비전, 세탁기, 냉장고 등 가전제품 공장을 남아공에 세우겠다는 우리의 계획에 참여 의사는 분명히 있는 것이죠."

"물론입니다."

"알겠습니다. 상부에 그대로 보고드리도록 하겠습니다. 그리고 가까운 시일 내에 부회장님을 꼭 남아공으로 한번 모시고 싶습니다. 물론 그룹 차원의 공식 초청이 될 것입니다."

"그런 날이 오기를 바라지만 여건이 성숙되면 방문하는 것으로 하겠습니다."

"그때는 제가 정성을 다해 모시도록 하겠습니다."

"고맙습니다."

이것이 이날 두 사람이 나눈 사업적 대화 내용이었다. 이 밖에 두 사람은 두 나라의 풍물 및 정치에 대해서도 이야기를 나누었지만 오랜 시간을 요하지는 않았다.

다음 날부터 레인 힐튼 양은 한국의 다른 대기업 다섯 곳을 둘러보았다. 물론 이 과정에서 태호가 안내 및 경호 등 측면 지원을 했지만 말이다.

아무튼 오 일 정도 더 체류하며 한국을 둘러본 힐튼 양과 태호가 다시 만난 것은 그녀의 출국 하루 전날이었다. 호텔 내 커피숍에서였다.

그녀가 태호에게 말했다.

"비즈니스상 이런 말을 하는 것은 금기 사항이지만 솔직히 말씀드리겠습니다. 오 일 동안 한국의 대기업이라는 곳 다섯 곳을 둘러보았지만, 삼원그룹과 같이 저를 환대하지는 않네요."

말끝에 쓴웃음을 매단 그녀를 보고 태호가 말했다.

"각 사의 이해관계가 모두 다르니까요."

"지난번 제가 부회장님께 말씀드린 대로 조만간 초청장을 보내도록 하겠습니다."

"알겠습니다."

"다시 만날 때는 우리가 좀 더 가까워질 수 있겠지요?"

"물론이죠."

화답한 태호는 이날은 뷔페식으로 그녀에게 저녁 대접을 했다.

*   *   *

다음 날, 태호는 공항에서 그녀를 전송하고 오자마자 국제상사의 김현구 사장을 자신의 방으로 호출했다. 채 10분도 되지 않아 그가 도착하자 태호는 비서실장 정태화마저 불러들여 업무 협의를 하기 시작했다.

태호는 먼저 정 실장에게 시선을 주며 말했다.

"일본 가전 업체에 들어온 정보가 있습니까?"

"일본 전자 업계도 우리가 주파수를 맞추고 동향을 예의주시하다 보니, 많은 정보가 있는 것이 사실입니다. 어떤 정보가 필요하신 것입니까?"

정태화가 비록 비서실장이지만 아직 그는 정보이사라는 직함도 겸직하고 있었기 때문에 태호가 상기의 질문을 한 것이다. 아무튼 그의 대답에 태호가 보다 구체적으로 말했다.

"내가 판단컨대 일본의 인건비가 너무 올라, 공장 이전 내지는 외국과의 합작 형태로 코스트를 낮추려는 업체가 분명 있을 것 같은데 어떻습니까?"

"아직 확정된 것은 아니지만 내부적으로 그런 움직임을 보이는 업체가 있습니다. 히타치(Hitachi, Ltd. 株式會社日立製作所)사입니다. 한국의 금성사와 접촉을 시도하지 않을까 하는 것이, 일본 내 전자 쪽 기업을 담당하는 정보원의 보고입니다."

"그 정보를 보고받은 시점이 언제죠?"

"채 2주가 되지 않았습니다."

"그렇다면 아직 실행에 옮기지는 않았겠는데요?"

"아마도 그러리라 저도 판단하고 있습니다."

"좋습니다. 비서실장님은 그쪽 정보를 더 신경 써서 모으도록 하고, 김 사장님은 당장 내일이라도 일본 지사에 지시해, 히타치와 접촉을 시도하도록 하세요. 그들과 협의할 내용은 전 가전제품에 대한 한국 내 합작 생산과 외국 동반 진출입니다. 알겠습니까?"

"네, 부회장님!"

"참, 중공에 대한 비자 발급 문제는 어찌 되었습니까?"

태호의 물음에 정 비서실장이 답변했다.

"친분을 이용해 안전기획부 간부에게 부탁을 해도 쉽지 않습니다. 지금까지 답변이 없는 것을 보면 말입니다."

"그래요?"

잠시 생각하던 태호가 비서실장을 보고 다시 말했다.

"지금 당장 노태우 민정당 대표를 전화로 연결해 보도록 하세요."

"알겠습니다."

대답과 동시에 바로 자리에서 일어난 정 비서실장이 태호의 집무실 책상으로 가 다이얼을 돌리기 시작했다.

이 문제를 전 통에게 이야기하면 가부간에 결론은 금방 날 것이다.

하지만 이런 문제까지 대통령에게 이야기하기는 너무 작은 문제인 것 같아 삼가는 것이다.

태호가 그런 생각을 하고 있는데 송화기를 틀어막은 비서실장이 그를 보고 말했다.

"노태우 대표십니다."

예상대로다.

비록 본인이 직접 전달받은 것은 아니지만 비서관을 통해 1억 원의 정치자금을 받은 바 있는 그로서는 삼원 측의 전화를 거절하기에는 뒤가 좀 캥겼을 것이다. 즉각 자리에서 일어난 태호는 전화기를 집어 들자마자 쏟아냈다.

"대표님, 저 삼원그룹의 부회장 김태호라 합니다. 사석에서 한번 뵀으면 하는데 괜찮겠습니까?"

"요즘 내가 좀 바빠 그건 곤란합니다. 다른 하실 말씀은 없습니까?"

"다름 아니라 그룹 차원에서 공산권도 뚫어 우리나라 제품을 수출하려 합니다. 그런데 중공 같은 경우 입국하는 자체가 난제입니다. 정부에서 비자를 내주지 않습니다."

"허허, 그래요? 애쓰는 기업인들을 생각하면 그런 정책은 좋지 못한 것 같습니다. 우리나라가 더욱 발전하기 위해서는 언젠가 상호 교통이 되어야 하는데 말이죠. 아무튼 알았으니 내가 직접 국무총리께 건의드려 보겠습니다."

"감사합니다. 대표님! 언젠가 한번 모시고 싶은데 시간 한번 내주시죠?"

"그럽시다. 조만간 어디 자리 한번 마련해 봅시다. 끊겠습니다."

"네, 대표님!"

만족한 표정을 지으며 다시 자리로 돌아온 태호가 이번에는 상사의 김 사장을 보고 말했다.

"남아공의 유 팀장에게 보다 많은 신경을 써주세요. 즉 그쪽 일이 어떻게 돌아가고 있는지 항상 챙기란 말입니다."

"알겠습니다. 부회장님!"

"자, 오늘은 여기까지."

"네."

두 사람이 공손히 인사를 하고 자리를 물러나자 태호는 곧장 효주에게 전화를 걸었다.

마침 호텔 내 사무실에 있던 그녀가 전화를 받았다.

"어쩐 일이세요? 여보!"

"그렇게 받으면 내가 평소 전화를 안 하는 사람 같잖아?"

"사실이 그런 것 아닌가요, 여보?"

"남들이 들으면 정말인 줄 알고 오해하겠네. 다름 아니라 영어 회화를 본격적으로 배우고 싶어서 말이오."

"그런 문제라면 저와 상의하지 않으셔도 되잖아요."

"주변에 능통한 사람이 없을까 하고."

"음……! 참, 윤정민 차장이 상사 주재원이었던 아버지를 따라 어린 시절 여러 나라를 전전하는 바람에 영어에도 능통하다고 들었어요."

"괜찮겠소?"

"무슨 뜻으로 묻는 건가요? 항상 붙어 다니는 두 사람인데, 두 사람의 관계를 의심이라도 하란 말인가요? 그렇게까지 하면 너무 신경 쓰이는 일이 많아 오래 못 살 것 같아요."

"하하하! 역시 당신이야. 보기보다 확실히 선이 굵은 사람이야."

"여자가 그런 말 들으면 좋은 건가요?"

"아무렴, 남녀를 떠나 좋은 말이지."

"됐고요. 여보! 오늘 일찍 들어오기나 하세요. 술 마시지 말고요."

"알았소. 참, 이층 방 몇 개 비었잖아. 윤 차장을 2층에 살게 해도 될까?"

"안 될 건 뭐 있어요. 그러면 당신이 영어 회화를 배우는 데 많은 시간이 절약될 것 같은데요."

"고마워요, 여보!"

"나도 당신이 고마워요."

"무엇 때문에?"

"이런 사소한 문제까지 의논하니, 당신이 날 무척 배려하고 있다는 느낌이 들어서요."

"그렇다니 전화 걸길 잘했군."

"오늘은 당신이 먼저."

"알았소. 쪽……!"

"호호호! 나도요."

쪽! 소리가 나는 것 같더니 전화는 금방 끊어졌다.

*   *   *

다음 날.

오전 업무를 막 시작하려는데 사내 인터폰에 빨간 불이 번쩍번쩍했다.

"네."

태호의 대답과 동시에 계소연 양의 음성이 빠른 속도로 쏟아져 나왔다.

"부회장님! 국무조정실장님이랍니다. 전화 돌려 드리겠습니다."

"오케이!"

"전화 바꿨습니다."

"나 국무조정실장 이규성(李揆成)이라는 사람입니다."

"네, 장관님! 어쩐 일로 전화를 다 주시고."

태호가 그를 장관이라 칭한 것은 절대 아첨이 아니었다. 실제 국무조정실장은 장관급이었기 때문이었다.

"국무총리님이 직접 전화드리라 해서 드린 것입니다. 귀사에서 요구한 비자 발급 건 말입니다."

"네, 장관님!"

"국무총리님의 특별 지시로 허가가 떨어졌습니다. 단 비자발급 신청 전에 중공에 입국할 사람의 신상을 안기부에 먼저 통보해, 사상에 이상이 없는지 검증을 받도록 하세요."

"알겠습니다. 장관님! 언제 한번 모시고 싶습니다."

"나 그런데 응하는 사람 아닙니다. 끊습니다."

"네, 네!"

미처 태호가 답할 새도 없이 전화가 일방적으로 끊어졌다. 이에 태호는 고마움보다 불쾌함을 더 크게 느꼈다.

그래도 업무는 진행해야 했기에 태호는 비서실장 정태화와 상사의 김 사장을 불러들여 통화 내용을 들려주고, 특별히 정 비서실장에게는 안기부로 전화라도 한 통화 넣어 빨리 처리가 될 수 있도록 하라는 지시를 내렸다.

제9장
기업보다 사람 Ⅰ

이렇게 시작한 하루 일과가 어느덧 끝나 퇴근 시간이 임박해 오자 태호는 어질러진 책상 위를 정리하기 시작했다.

이때 사내 폰의 불이 번쩍거렸다.

천천히 폰을 집어 드니 계 양의 목소리가 들려왔다.

"재경 동창이라는데 바꿔 드릴까요?"

"네, 연결시켜 줘요."

"네에."

명랑한 그녀의 음성이 사라지자 저쪽에서 사내의 음성이 튀어나왔다.

"나다."

"응. 어쩐 일로."

"오늘 모임 있다는 것 잊었어?"

"아, 그렇지?"

"잘~ 한다. 매번."

사실 일주일 전에 오늘 7시에 동창 모임이 있다는 통보를 받기는 받았다.

그러나 크게 중요한 일이 아니라는 인식 때문인지 깜빡 잊고 있던 태호로서는 사실 재경 동창회장의 전화를 받는 순간부터 갈등이 생기고 있었다. 참석해야 될지, 말아야 될지에 대해……

"……."

태호가 말이 없자 저쪽에서 다시 말소리가 들려왔다.

"오늘은 꼭 참석하는 거지? 네 결혼식 때 참석한 애들을 생각해 봐라. 근 1년이 되어가도록 딱 한 번 얼굴 비추는 것으로 발길을 끊냐? 너 계속 이딴 식으로 하면, 너와 관련된 애경사에 우리 동문 아무도 참석 않는다."

이렇게까지 이야기하는데 참석 않는 것도 곤란해 태호가 답했다.

"알았다, 알았어. 이번에는 꼭 참석하마."

"고맙다."

감사의 인사까지 받긴 받았는데 효주에게 이 이야기를 하려니 태호로서는 곤란한 마음이 앞섰다.

동창 모임에 참석하는 것보다 또 술 마실 것 아니냐는 잔소리가 듣기 싫어서였다.

그래도 아무런 전화를 하지 않는 것보다는 이야기를 해야 될 것 같아, 태호는 전화를 걸기 시작했다.

먼저 호텔부터 전화를 걸었다. 여사무원이 그곳에는 안 계신다는 대답을 했다.

이에 태호는 다시 백화점으로 전화를 걸었다. 곧 여사무원의 답이 들려왔다.

"좀 전에 퇴근하셨습니다."

맥 빠진 표정으로 태호는 전화기를 내려놓았다. 그녀가 집에 도착할 때까지는 통화할 방법이 없었기 때문이다.

물론 가정부를 매개로 간접 통화는 가능했다. 그 방법도 떠올렸으나 이내 고개를 흔든 태호는 그길로 자신의 집무실을 벗어났다.

비서실장 외에 모두 퇴근 준비를 하고 기다리고 있는데, 오늘 오후 5시부터 밤 12시까지의 경호조인 윤정민 차장조도, 경호 대기실에서 나와 사무실 직원들과 함께 태호의 거동만 지켜보고 있었다.

"자, 퇴근합시다."

"네, 부회장님!"

모두 태호를 따라 앞서거니 뒤서거니 사무실을 벗어나는데 비서실장만 그대로 있어 태호가 돌아보며 물었다.

"오늘 숙직입니까?"

"네, 부회장님!"

사실 비서실 남자 직원들은 비서실장 이하 모든 사람이 돌아가며 퇴근 후에 숙직을 하고 있었다.

대신 여직원들은 토요일 오후나 일요일 낮에 당직을 서야 했다. 따라서 제도의 특성상 남직원들의 불만이 더 많은 것도 사실이었다.

어쨌거나 비서실장에게 수고하라는 말을 남긴 태호는 7시까지 시간을 때우기 위해 익숙한 사옥 맞은편 삼겹살집으로 향했다.

윤정민 차장에게 할 이야기도 있고 해서였다.

일행이 그 집에 들어서니 아직 분위기가 한산했다. 5월이라 아직 해가 많이 남은 데다.

이 당시 사회 분위기상 태호의 비서실 직원들 같이 정시에 퇴근하는 기업이 드문 탓이었다.

아무튼 예약을 않고도 방 하나를 배정받아 들어간 태호는 특별히 오늘은 경호원 다섯 명 모두를 실내로 불러들였다. 그리고 그들이 모두 자리에 앉자 입을 떼었다.

"오늘은 제가 여러분들을 위해 한턱 쏘겠습니다. 매일 내 신변을 경호해 주느라 애를 많이 쓰는데, 사적 자리를 많이 마련해 주지 못해 미안한 마음도 있고 해서 말입니다."

태호의 이 말에도 불구하고 윤 차장이 까칠하게 나왔다.

"우리는 지금 엄연히 업무 중입니다."

이 말을 받아 태호가 웃으며 말했다.

"술만 마시지 않으면 되지 않습니까?"

이 말에는 윤 차장도 부하들을 일일이 바라보나, 그들 모두 간절히 원하는 표정이라 태호의 말에 따르지 않을 수 없었다.

"오늘만 특별이 응하겠습니다."

"좋습니다. 주문하시죠."

"네."

곧 주문을 하는데 덩치값들을 하는지 일반인보다 고기 주문량이 배로 많았다. 초장부터 15인 분을 주문한 것이다. 아무튼 이런 속에서 회식이 시작되었고 태호 혼자만 술을 마시려니 많이 마시지는 않게 되었다.

그렇지만 소주 한 병은 가볍게 비운 태호가 윤 차장을 향해 말했다.

"윤 차장님! 내 영어 회화 지도 좀 해주지 않겠습니까?"

"네?"

너무 의외의 발언이었던지 반사적으로 물은 그녀가 곧 답했다.

"시간만 내신다면 얼마든지 가능합니다."

"답을 드리기 전에 한 가지 질문을 드리죠. 혹시 지금도 혼자 거주하고 계십니까?"

"네."

"부친과 화해는 했습니까?"

"네. 지금은 옛일을 털어버리고 잘 지내나, 집에 들어오라는 요청은 거부했습니다."

"왜요?"

"부모님과 함께 사는 것이 더 거북한 느낌이 들어서요."

"딸 키워봐야 헛일이라는 말을 들었겠습니다."

"네."

작게 대답하는 그녀를 보며 태호가 말했다.

"집사람과도 의논한 일입니다만, 우리 집 2층 방이 2개 비었는데, 2층에 함께 살며 새벽으로 시간을 내주시면 안 되겠습니까?"

"음……!"

잠시 생각하던 윤 차장이 답변했다.

"부회장님이 불편하지 않으시다면 저야 좋습니다."

"좋습니다. 그렇게 하기로 하는 것으로 하고, 보수는 별도로 챙겨 드리겠습니다."

"그럴 것까지는……."

이때였다. 노크도 없이 문이 활짝 열리더니 주인아주머니가 직접 나타나 말했다.

"비서실장님 전화인데요. 급하다고 얼른 전화 좀 받아달랍니다."

"그래요?"

깜짝 놀란 태호는 바로 자리에서 일어나 전화기가 놓여 있는 카운터로 향했다.

태호가 그곳에 도착하니 아직 끊지 않은 상태로 전화기가 놓여 있어 태호는 바로 집어 들고 통화를 시작했다.

"무슨 일입니까?"

"청주 건설 현장에서 산재 사고가 발생했습니다."

"네? 좀 더 구체적으로 말씀해주세요."

"5층 높이에서 안전 발판을 헛디뎌 추락했다는데 최소 중상이요, 사망할지도 모른다는 현장의 긴급 보고였습니다."

"아니, 그런데 이 시간에도 작업을 했단 말입니까?"

"공기를 단축하기 위해……."

"일단 알았습니다. 제가 내려가 보겠습니다."

"괜찮으시겠습니까? 만약 사망이라도 하는 날이면 그 유족들이 가만히 있지 않을 텐데요."

"그래도 내려가야죠."

"저도 수행하겠습니다."

"숙직은 누가 하고요?"

"김 부장을 대타로 세우겠습니다."

"알겠습니다. 조치가 되는 대로 맞은편 삼겹살집으로 오세요."

"네, 부회장님!"

전화를 끊고 잠시 생각에 잠겨 있던 태호는 곧장 자리로 돌아와 말했다.

"회식은 이만 중단해야겠습니다."

차마 '왜요?'라고는 묻지 못하고 서로의 얼굴만 바라보는데 태호가 덧붙였다.

"청주 반도체 건설 현장에서 큰 산재 사고가 발생해 급히 청주로 내려가 봐야겠습니다."

"아, 네!"

"알겠습니다."

경호원들이 신속히 움직이는 것을 보고 태호는 카운터로 가 지금까지 먹은 것에 대한 계산을 끝냈다. 그리고 돌아서니 모든 준비를 마친 경호원들이 그를 기다리고 서 있었다.

어차피 정 비서실장이 도착을 해야 출발할 것이라 그동안 참석치 못할 동창회 자리에 소식을 전하려고 했으나, 동창회를 시작할 시간이 아직 1시간여나 남았고, 동창회장의 개인

전화번호도 기억나지 않아 포기한 태호는 일행을 데리고 천천히 1층으로 향했다.

1층 도로변에 선 태호는 경호원들이 차를 준비하는 동안 혹시나 해서 건너편을 바라보았다.

예상보다 빠르게 정 비서실장이 빨간 불에 걸려 저쪽 편에 서 있는 것이 보였다.

곧 신호가 녹색불로 바뀌자 그가 뛰어왔다. 그리고 호흡을 고르며 말했다.

"김 부장에게 사정만 전하고 바로 나왔습니다."

"잘하셨습니다."

둘이 대화를 나누는 사이 차량 두 대가 도로변에 서는 것이 보였다.

곧 두 사람이 선두 차에 타자 한결 복잡해진 도로 위로 그들이 탄 차가 빠르게 쏘아져 나가기 시작했다.

*   *   *

2시간 만에 건설 현장에 도착한 태호는 환자가 남궁병원에 입원했다는 말에 안도의 한숨부터 내쉬었다.

산재 사고 시 사고를 당한 자가 현장에서 즉사하는 것과, 이동해 치료를 받던 중 사망하는 것은 큰 차이가 있었기 때문이다.

이 모든 것을 떠나 아직 살아 있다는 것에 일단 안도한 태호는 즉각 차를 남궁병원을 향해 출발시켰다. 그러나 이들의 안도는 그렇게 오래가지 못했다. 일행이 병원에 도착해 병원 문을 열고 들어서는 순간 심상치 않은 분위기가 감지되었기 때문이었다.

태호가 일행을 이끌고 응급실로 향하는데 그 안에서 울음소리는 물론 고함이 터져 나오고 있었기 때문이었다. 그래도 태호는 침착한 표정으로 응급실을 향해 뚜벅뚜벅 한 걸음, 한 걸음 진중한 걸음을 떼어놓았다.

이런 속에서 심상치 않은 분위기를 파악한 경호원들이 앞뒤로 밀착 경호를 하기 시작했다. 태호로서는 좀 답답함을 느꼈지만 말없이 그들의 경호 속에 응급실에 들어선 순간 그의 두 눈이 커졌다.

"이 새끼야! 이제 어쩔 거야! 우리 형님 살려놔! 이 개새끼들아!"

삼원건설 부사장 문창수가 20대 후반의 건장한 청년에게 멱살을 잡혀 앞뒤로 흔들리고 있으면서도 연신 사과 발언만 하고 있었다.

"죄송합니다. 정말 죄송합니다."

뿐만 아니었다. 바닥에 두 다리를 쭉 뻗고 대성통곡을 하던

50대 후반의 여성이 갑자기 벌떡 일어나더니 태호 일행에게 미친 듯이 돌진해 오며 울부짖었다.

"우리 아들 살려내, 이 새끼들아!"

이에 앞에 서 있던 경호원 둘이 어머니로 보이는 여성을 급히 막아섰다.

이에 어머니는 더욱 광분하고 문 부사장을 닦달하던 동생으로 보이는 자까지 한마디 말과 함께 달려오기 시작했다.

"저 새끼들은 또 뭐야!"

그 역시 다른 두 경호원에 의해 제지를 당하는 동안 태호는 침착한 걸음으로 흰 천이 덮여 있는 수술대로 이동했다. 그 앞에는 부인으로 보이는 30대 초반의 여성이 훌쩍이며 신세 한탄을 하고 있었다.

"여보, 여보! 이제 우리는 어떻게 살아요? 애들 둘은 어떻게 가르치고요."

부인의 말에 태호는 가던 발걸음을 우뚝 멈춰 세웠다. 큰 충격을 받은 것이다. 관리자가 당하는 이런 봉변은 일시적이다. 그러나 남편을 잃은 저 부인과 남겨진 자녀들은 어찌 될 것인가?

물론 회사에서 위로금 명목으로 얼마가 지급될 것이다. 그러나 이 당시 사회 통념상 사람 목숨값을 크게 쳐주는 시대도 아닌 것을 감안하면, 남겨진 사람들만 평생 고통 속에 살아야 할 것이다.

여기까지 생각이 미친 태호는 무언가 특단의 조치를 취해야겠다는 생각을 가졌다. 그리고 가엾음과 함께 진한 아픔을 느꼈다. 그래서 태호는 뚜벅뚜벅 걸어가 부인 앞에 정중히 고개를 숙이고 말했다.

"무어라 위로의 말씀을 드려야 할지 모르겠습니다. 그룹 부회장으로서 정중히 사죄의 말씀 올리는 바입니다."

"네?"

너무나 젊은 사람이 그룹 부회장이라는 말에 믿지 못하겠다던 부인의 표정이 일시에 변하며 외쳤다.

"아, 당신 제과 사장으로 광고에 나왔던 사람이군요."

"이제야 알아보시겠습니까? 제가 단지 이 자리에서 약속드릴 수 있는 것은 소정의 위로금 외에, 부인께서 원하신다면 우리 그룹에 취업 기회를 드리는 것은 물론, 대학 졸업까지 자녀의 학자금을 대드리겠다는 것입니다."

"네? 그 말 정말이세요?"

"진심을 담아 드리는 말씀입니다."

태호의 말에 잠시 멍한 표정이던 부인이 갑자기 남편의 시신을 붙들고 목 놓아 울기 시작했다.

자신과 자식의 장래 걱정에서 벗어나자 비로소 남편에 대한 진한 슬픔이 몰려오는 모양이었다. 이 모습을 악다구니하던 두 사람도 지켜보았나 보다.

두 사람이 이제 윤 부사장과 비서실장 쪽이 아닌 태호에게 급히 다가왔다. 그러자 경호원들이 뛰어와 태호의 앞을 급히 막아섰다.

"비켜서세요!"

태호의 말에 어쩔 줄 몰라 하던 경호원들이 종당에는 살짝 비켜서자 흉흉하게 걸어오던 두 사람도 멈칫했다. 그러나 그것도 잠시.

"내 아들 살려내, 이놈아!"

"너, 이 새끼 잘 만났다. 젊은 놈이 뭐라고, 사람 목숨을 돈으로 바꾸려 해!"

악다구니와 함께 두 사람이 일제히 달려들자 경호원 네 명이 일시에 둘의 앞을 가로막고 섰다. 그리고 경호원 하나가 외쳤다.

"이 사람들이 보자보자 하니, 어따 손을 대려고 해! 죽은 놈의 잘못은 생각도 안 해!"

"뭐라고, 이놈이……!"

막장으로 변하는 현장을 씁쓸한 웃음으로 바라보던 태호가 그 자리를 떠나며 문 부사장을 손짓으로 불렀다.

이성을 잃은 두 사람에게는 더 이상 어떤 말도 통하지 않을 것이 확실하기 때문에, 문 부사장으로부터 사건 경위나 듣기 위함이었다.

곧 병원 밖으로 그를 데리고 나간 태호는 그에게 담배 하나를 권하며 자신도 한 대를 입에 물었다.

그 과정에서 문 부사장은 조심스럽게 담배 한 대를 받아 들며 고개를 숙였다.

"면목 없습니다. 부회장님!"

태호가 담배 연기를 허공에 길게 내뿜으며 물었다.

"어떻게 된 일입니까?"

곧 입을 열어 답하는 문 부사장의 이야기를 들어보니 비서실장이 전한 내용과 하등 다를 게 없었다. 그 이야기를 듣고 난 태호가 그에게 추궁하듯 물었다.

"현장에서 안전 고리는 하고, 안전모는 쓰고 작업하는 것입니까?"

"처음 작업할 때는 하고 시작하나, 작업 도중에 보면 제대로 이행하는 사람이 드문 것이 솔직히 현 실정입니다."

"앞으로는 안전 장구를 제대로 착용하지 않는 자는 절대 작업을 시키지 마세요. 이를 어길 시는 지위 고하를 막론하고 처벌할 것입니다. 알겠습니까?"

"네, 부회장님!"

이때 도로변에 갑자기 승용차 하나가 멈추어서는 것 같더니 삼원건설 강 사장이 차에서 내리는 것이 보였다.

"늦었습니다, 부회장님!"

태호가 말없이 고개를 끄덕이자 문 부사장에게 접근한 그가 추궁하듯 물었다.

"어떻게 된 일입니까?"

"면목 없습니다."

이를 시작으로 사건 경위를 전하고 듣는 두 사람을 보며 태호는 슬며시 그 자리를 이탈해 주변을 두리번거렸다. 곧 태호의 눈에 찾던 것이 들어왔다.

병원 벽 측면에 붙은 공중전화 부스였다. 태호는 말없이 빈 부스 안으로 들어가 서울 지역번호에 114를 누르고 모임 장소의 전화번호를 땄다.

연이어 태호는 딴 전화번호를 가지고 태동관이라는 중식당으로 전화를 걸었다. 무슨 이유 때문에 모임을 중식당에서 갖는지 모르겠다는 생각을 하며 잠시 기다리니 저쪽에서 목소리가 들려왔다.

"여보세요."

"거기 오늘 동창 모임 있죠?"

"네."

"그중 동창회장 좀 바꿔주세요."

"네. 잠시 기다리세요."

"네."

태호는 기다리는 동안 전화가 끊어질 것에 대비해 주머니를 뒤져 동전 하나를 아예 꺼내 손에 들고 잠시 기다렸다. 곧 재경 동창회장의 목소리가 들려왔다.

"여보세요."

"나, 태호다."

"왜 안 와? 모두 너 올 때 기다리느라 눈 빠지는데."

"산재 사고 나서 지금 청주에 내려와 있다."

"뭐? 젠장, 지랄하고 있네."

"오늘 경비 얼마가 나와도 좋으니, 내 앞으로 달아놔라."

"정말?"

"이 자식이, 정말이지!"

"아, 알았다. 고맙다. 네 소식 전하마. 고의가 아니라 산재 사고가 나서 못 오고, 오늘 경비 네가 다 부담하기로 했다고."

"네 말대로 정말 고의 아니다."

"알았대도. 수고해라!"

싸가지 없이 놈이 먼저 끊었다. 동창들에게 이 기쁜(?) 소식을 빨리 전하기 위해 마음이 급했는지 모르지만. 태호는 뒤를 돌아보았으나 기다리는 사람이 없자, 연이어 전화를 걸었다. 집으로였다.

"여보세요."

효주가 직접 받았다.

"나요. 여보!"

"목소리가 왜 그래요? 무슨 일 있죠?"

평소와 달리 남편의 목소리가 장난기 하나 없이 근엄하게 느껴지자, 직감적으로 무엇을 느낀 효주의 반문이 연이어진 것이다.

"산재 사고가 나서, 나 지금 청주의 한 병원에 와 있소."

"크게 다쳤어요?"

"사망 사고요."

"저런, 이 일을 어째?"

"너무 걱정 말고 일찍 자요."

"언제 올라와요?"

"내일 새벽쯤."

"알았어요. 조심하시고요."

"그래요."

곧 전화를 끊고 나온 태호는 이 회장에게도 전화를 할까 하다가 그냥 돌아섰다. 괜히 근심만 안겨 드릴 것 같아서였다.

*　　　*　　　*

태호가 집에 돌아온 것은 예상보다 빠른 새벽 2시였다. 태호가 현관문을 두르리니 가정부가 아닌 효주가 문을 따주며 말했다.

"혹시 몰라 당신 기다리다 나 금방 잠들었었는데."

"알았소. 들어가 이야기합시다."

"네, 저녁은요?"

"휴게소에서 우동 한 그릇 먹었소."

"그럼 얼른 씻고 주무세요."

"그럽시다."

대화를 나누는 동안 부부의 침실에 도착한 태호는 그길로 곧장 옷을 벗어던지고 욕실로 직행했다. 태호가 새삼스럽게 나이트가운을 걸치고 침상에 누웠음에도 불구하고 찰싹 달라붙은 효주가 말했다.

"나 아기 갖기로 했어요."

"무슨 말이오?"

"임신, 임신하겠다는 말이에요."

"왜, 심경 변화가 생겼소?"

"오늘 사고 소식을 들으니, 사람이 살아 있다 해서 산목숨이 아니라는 생각이 들었어요. 망측한 생각이지만, 혹시 당신이 교통사고라도 당해… 아무튼 아기가 있어야겠어요."

"허허, 거참……!"

"사실 이제야 말이지만, 내가 임신하는 것과 당신이 술이나 담배 둘 중 하나를 끊는 것과 교환하려는 생각도 있었어요."

"별생각을 다 하고 있었군."

"하나 두려웠던 것은 임신하고 몸이 무거워지면 대외 활동을 접어야 하잖아요. 그것이 저에게는 정말 싫었어요."

"대부분의 여자들이 그것 때문에 직장 생활을 그만두곤 하지."

"저도 그렇게 될까 봐 두려운 생각이 들었어요."

"당신이야 원하기만 하면……."

"물론 나야 언제든지 복직이 가능하다는 것도 알아요. 하지만 아이들 교육도 중요하잖아요. 결정적으로 그것 때문에 망설인 것이죠."

"어찌 되었든 당신이 이제라도 아이를 갖겠다니 나로서는 백번 환영이오."

"오늘 당장 어때요?"

"예로부터 상갓집에 다녀오면 부정 탄다고 해서 성생활은 물론, 많은 것을 금기시했소."

"그래요? 그럼, 다음으로 미뤄야겠네요."

"오늘은 그냥 꼭 끌어안고 잡시다."

"네, 팔베개해 줘요."

"알겠소."

오늘도 팔이 저리거나 말거나 한 몸 희생할 생각으로 태호는 효주에게 말없이 자신의 팔을 내주었다.

다음 날.

업무를 시작하자마자 태호는 회장실로 향했다. 태호는 마주 앉자마자 사과부터 했다.

"죄송하지만 어제 오후 6시 무렵 청주 반도체 건설 현장에서 사망 사고가 있었습니다."

"그런데 그걸 이제 보고해?"

"모든 뒤처리는 제가 청주로 직접 내려가 다 했습니다. 괜히 심려만 끼쳐 드릴 것 같아 이제야 보고드리는 것입니다."

"그래도 알고는 있어야 할 것 아니야?"

"죄송합니다. 앞으로는 즉시즉시 보고드리도록 하겠습니다."

"그렇게 하도록 하고 안전 관리를 강화해야겠어. 그룹 차원에서 말이야."

"앞으로는 안전 교육도 정기적으로 실시하고, 안전 장구를 착용하지 않고 작업을 하는 자는 아예 현장에서 추방하기로 했습니다. 또 이를 묵인한 관리자 역시 페널티를 주기로 하고요."

"흐흠……! 그러나저러나 유가족들에게는 면목 없는 일이군. 어쩌다 그런 사고가 났나."

"퇴근 시간 가까이 되어 작업을 서두르다 그만 안전판을 잘못 디뎌 5층 높이에서 추락한 사고입니다. 현장에서는 살아

있었지만 이송 후 얼마 지나지 않아 사망했다는 문 부사장의
전언입니다."

"유가족에게는 위로금이라도 드리지 그랬어?"

"5천만 원을 주라고 경리과에 지시해 놓고 왔습니다."

5천만 원이라는 말에 눈살을 찌푸리던 이 회장이 기어코
입을 떼었다.

"목숨값을 가지고 운운하는 것은 뭣하지만, 좀 많은 액수
아닌가? 통상 3천만 원 선에서 해결하는 것으로 아는데 말이
야."

"이번 사건을 통해 하나 깨달은 것이 있습니다. 선제적 대응
을 해야겠다는 생각이었습니다."

이렇게 운을 뗀 태호가 보다 구체적인 내용을 말하기 시작
했다.

"지난번에도 한번 말씀드렸습니다만, 내년이면 대대적인 민
주화 요구 시위가 일어나, 직선제 개헌에 의한 노태우 정부가
들어설 것입니다. 이때부터는 산업 현장에서도 노동조합이 결
성되는 것을 시작으로, 대대적인 임금 인상 요구와 함께 작업
환경 개선 등 별별 것을 다 요구하는 시위로 해가 지고 뜰 것
입니다. 이렇게 되면 생산 차질이 불가피해져 적자를 보지 않
는 기업이 드물 것입니다."

"허허, 그렇게 되면 큰일 아닌가."

근심스러운 표정으로 개탄하는 이 회장에게 태호는 대안을 제시하기 시작했다.

"그래서 저는 이런 일이 있기 전부터 100억 원을 출연해 그룹 자녀들의 장학 기금으로 활용했으면 좋겠습니다. 이번 건과 같이 산재 사고를 입어 앞길이 막막한 자녀들을 제일 먼저 구제하고, 여타 공로가 있는 사원의 자녀 등도 지급하는 등 여러 형태로 말입니다."

호흡을 고른 태호의 말이 이어졌다.

"그리고 선제적 대응의 또 다른 형태는 올 연말부터 성과금을 지급하는 것입니다. 이익분에 대해서는 나라에서 상당 부분을 세금으로 가져가지 않습니까? 그럴 바에는 이익금의 상당 부분을 종업원들에게 돌려주고, 주주들에게도 현금 배당을 실시하는 것입니다. 이렇게 되면 종업원 입장에서도 시위를 벌일 필요가 없으니, 회사로서도 시위로 인한 손실을 보지 않아 이익이 될 것입니다. 물론 임금도 적당한 선에서 올려주어야 하고요."

"흐흠……!"

침음하며 생각에 잠기나 마뜩치 않은 표정의 이 회장에게 태호가 이번에는 그의 마음에 들 만한 발언을 했다.

"저는 노동조합이 결성되지 않는 것이 가장 중요하다고 봅니다. 따라서 위와 같이 우리가 대우를 해주어도 분명 노동조

합을 결성하려는 부류가 있을 것입니다. 따라서 이를 미연에 방지하기 위해 정보 요원을 더 채용하고, 10인마다 조장 하나를 세워 밑의 사람들을 관리케 할 것입니다. 사원들 개개인에 대한 동향을 파악해, 위험한 자는 어떤 트집을 잡아서라도 해고시켜 버릴 것입니다."

"그거야 말로 좋은 방안이라 생각하네. 그리고 자네가 말한 임금 인상이나 성과금 지급, 또 장학 기금 출연 등 하나같이 마음에는 안 드나, 시대의 조류가 그렇다면 어쩌겠나. 대세에 순응하는 수밖에. 하니 올 연말부터 한번 시범적으로 실시해 보자고. 장학 기금은 일시에 100억 원을 출연하는 것보다는 해마다 20억씩 5년에 걸쳐 내놓는 것으로 함세."

"감사합니다, 회장님!"

태호의 말에 다른 때 같았으면 '자네가 감사할 일이 뭐 있나. 다 회사를 위한 일인데'라고 답했을 것이다.

그러나 이번에는 고개를 끄덕이는 것으로 이 회장은 태호의 말을 받았다.

태호가 일어나려 하자 이 회장이 말했다.

"유족들 잘 위로해 주고, 정보 요원은 빠른 시일 내에 더 채용하도록. 하고 그룹 차원에서 안전 관리를 강화하고 조장제인가 뭔가도 조속히 시행하도록 해."

"네, 회장님! 그럼 이만……."

곧 회장실을 벗어난 태호는 김재익 부회장을 만나 이 회장과의 대화 내용을 전하고 그룹 차원에서 이를 시행하기로 했다.

『재벌 닷컴』 4권에 계속…

초대형 24시 만화방

신간 100%, 샤워실, 흡연실, 수면실(침대석), 커플석, 세탁기 완비

▪ 광명 광명사거리역점 ▪

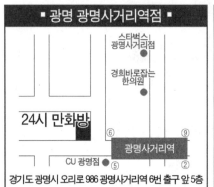

경기도 광명시 오리로 986 광명사거리역 6번 출구 앞 5층
02) 2625-9940 (솔목타워 5층)

▪ 강북 노원역점 ▪

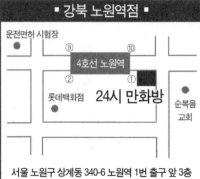

서울 노원구 상계동 340-6 노원역 1번 출구 앞 3층
02) 951-8324 (화용빌딩 3층)

▪ 일산 정발산역점 ▪

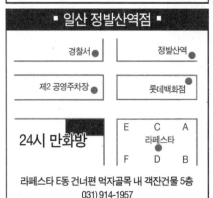

라페스타 E동 건너편 먹자골목 내 객잔건물 5층
031) 914-1957

▪ 일산 화정역점 ▪

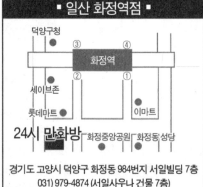

경기도 고양시 덕양구 화정동 984번지 서일빌딩 7층
031) 979-4874 (서일사우나 건물 7층)

▪ 부천 역곡역점 ▪

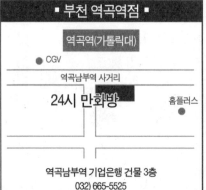

역곡남부역 기업은행 건물 3층
032) 665-5525

▪ 부평역점 ▪

(구) 진선미 예식장 뒤 한신포차 건물 10층
032) 522-2871

천미신교
낙양지부

정보석 新무협 판타지 소설

FANTASTIC ORIENTAL HEROES

무협武俠의 무武란 무엇을 뜻하는가?
바로 자신의 협俠을 강제強制하는 힘이다.

자신을 넘어, 타인을 통해, 천하 끝까지 그 힘이 이른다면,
그것이 곧 신神의 경지.

일개 인간이 입신入神하기 위해
필요한 것은 무엇인가?

지금, 그 답을 찾기 위한
피월려의 서사시가 시작된다!

Book Publishing CHUNGEORAM

유행이 아닌 자유추구
WWW.chungeoram.com

FUSION FANTASTIC STORY

설경구 장편소설

저니맨
김태식

한 팀에서 오래 머물지 못하고
이 팀, 저 팀을 옮겨 다니는
저니맨(Joruney man)의 대명사, 김태식!
등 떠밀리듯 팀을 옮기기도 수차례.

"이게… 나라고?"

기적과 함께 그의 인생에 찾아온 두 번째 기회!

"이제부터 내가 뛸 팀은 내 의지로 선택한다!"

더 이상의 후회는 없다!
야구 역사를 바꿔놓을
그의 새로운 야구 인생이 펼쳐진다!

Book Publishing CHUNGEORAM

유행이 아닌 자유추구 -
WWW.chungeoram.com